白鲸文丛

"白鲸文丛"编辑委员会

西　渡　　敬文东

张桃洲　　吴情水

总策划：吴情水

耶路撒冷十四行诗
·秋之书

Collected Poems

of

James K. Baxter

[新西兰] 詹姆斯·K.巴克斯特 —— 著   张桃洲 —— 译

上海教育出版社

巴克斯特的生平与诗歌创作[1]

（引言）

11岁时，詹姆斯·凯尔·巴克斯特（James Keir Baxter）用一根鸡毛笔，在一个新笔记本的第一页写下了如许题词：

第一册

原创诗歌

J.K.Baxter

生于1926年6月29日

死于他和自然认为合适时。

---

[1] 这是约翰·威尔（John Weir）为他编选的《詹姆斯·K.巴克斯特诗选》（*Collected Poems of James K. Baxter*）（牛津大学出版社，1980年初版、1995年精装本）所写的引言，有所删节，题目为译者所加。约翰·威尔，新西兰诗人、批评家，巴克斯特的密友和主要研究者，编有巴克斯特的多部诗集和四卷本散文集，著有《詹姆斯·K.巴克斯特的诗歌》等。除标明原注的以外，其余均为中译者注。

在他随后的一生,巴克斯特对他作为诗人的使命保持了忠诚,但他也变成了一个在新西兰政治和社会事件上越来越积极的参与者。这一双重忠诚催生了一批对他生活和时代中事件给出非凡洞见的诗歌。①

他的父亲阿奇巴德·巴克斯特(Archibald Baxter),是奥塔哥一位有着苏格兰血统、完成了自我教育的农场主,他在一战期间不顾迫害和苦难,坚持和平主义信念。他热爱诗歌,他的儿子曾回忆他"背诵彭斯、雪莱、拜伦、布莱克以及汤姆·胡德、亨利·劳森,在他有心情的时候"②。

詹姆斯·巴克斯特的母亲在悉尼大学获得学士学位,并参加了剑桥纽纳姆学院的荣誉学位考试。她的父亲 J.麦克米兰·布朗(J. Macmillan Brown)教授在坎特伯雷大学讲授英语和古典学,在那儿他变成了"一个传奇,因为他的活力、他的

---

① 参阅弗兰克·麦凯(Frank Mckay)《詹姆斯·K.巴克斯特生平》(*The Life of James K. Baxter*),牛津大学出版社,奥克兰,1990。——原注
② 《一个新西兰诗人的教育笔记》(Notes on the Education of a New Zealand Poet),见《马上的人》(*The Man on the horse*),奥塔哥大学出版社,达尼丁,第 122 页。——原注

偏见,他关于太平洋人种学的乌托邦式的书写和著作,以及他参与新西兰大学的塑造"①。

在后来的时间里,巴克斯特直接和间接地细思了其父母亲给予他文学生涯的影响:

在回到弗洛伊德学说之雾带的某处,这两种强烈的影响开始作用于我。相同的地方——达尼丁和泰厄里茅斯(Taieri Mouth)之间的光秃秃的海滩——和相同的人,别人也许已经变成了一个著名的社会信用人和含金矿石的采集者。而我在词语中爆发。

《一个新西兰诗人的教育笔记》,出处同第2页脚注2

他7岁时开始写诗,那时他进入了邻近达尼丁的布莱顿的学校。

他的童年,在他似乎已经喜欢上某种原始自然神秘主义期间,客观地说是快乐的,他后来也承认:

---

① 艾伦·库尔诺(Allen Curnow)编《企鹅新西兰韵文读本》(The Penguin Book of New Zealand Verse),企鹅图书,哈蒙兹沃思,密德萨斯,1960,第313页。——原注

一种悲伤的感觉紧贴着我的早年生活,像一只极地熊的胃里的绦虫……被看不见的对手用棍棒重击全身的感觉常常伴随我,并且一直伴随我只要我能记事……一种悲伤的感觉——甚至有时一种委屈的感觉——帮我写诗。以某种方式,诗篇从与现状的争吵中迸发出来。很可能,它的根源全部只是对神学家们称为原罪之状态的早期感知。

出处同上,第121~122页

1938年,在英格兰和欧洲待了近两年、同父母亲返回后,他在新西兰感到极不自在,他父亲的和平主义被视为一种背叛,因为世界转向了战争。如此经验有益于锐化他关于和平理想与生存严酷之间鸿沟的直觉。

那一鸿沟也存在于他的内部。他遭受了一个痛苦的青春期,后来他将之描述为一个考验时期:

当性和智力都活跃,却没有什么可以满足,只有在公共汽车上看女孩的大腿,或看科学手册里试管的彩色示意图。犹如笼子里的某些动物,青春期开始吞噬他自己……

他认为这样的后果是：

青春期的标记……是秘密的魔鬼、墙上的蜘蛛和旧橱柜里老鼠啃过的书本。我并不反感这个。我认为任何度过了一个英国或新西兰青春期的人，在任何地方都会感到自在——在一架开往金星的宇宙飞船上，或在一口满是狼蛛的井里。盎格鲁-撒克逊成人的几乎牢不可破的盔甲，随之被锻造了。

手稿975/119，霍肯图书馆，达尼丁，1963年8月

在1944年初，17岁的巴克斯特成为奥塔哥大学的一名学生。在《论高等教育》一文中，他描述了他在那一年和随后几年里的进展：

在奥塔哥，好事临到了我。我初期的酗酒像丛林大火长了翅膀，跃过围墙和河流，进了博灵·格林（Bowling Green）、皇家阿尔伯特（Royal Albert）、库克船长（Captain Cook）、格兰德（Grand）、赛迪（City）、奥班（Oban）、沙姆洛克（Shamrock）（在星期天）和罗伯特·彭斯（Robert Burns）（我最好的朋友在它上面有一套公寓）。复

仇女神们,那些黑色幽默诗歌的缪斯,栖息于我的门前台阶上如一众面黄肌瘦的小鸡,不再离开过。毕竟,这是她们真正的家。一个医科女学生在她位于古堡街的出租屋里教给我另一种知识……上帝(直到那时我还没有遇见)也在某一天向我显现了**他自己**①,当我到达一个废弃的铁路隧道中间,处于一种极差的宿醉中的时候。但这其中任何一个是高等教育的必要部分吗?很难说。阿弗洛狄忒、巴克斯②和圣灵是我的导师,可是,举止得体和考试过关的女神却向我收敛了她的微笑。

《钉子》(*The Spike*),维多利亚大学(惠灵顿),1961年,第61~64页

巴克斯特在那年年末离开了大学。直到1948年,他的文章揭示,"有过在各种各样的工厂、农场、洞穴、卧室、酒馆和小屋里的大量显然无用的经历之后",他移居克赖斯特彻奇市③,在那

---

① 原文首字母为大写(Himself),用加粗字体标示。下同。

② 前者是古希腊神话中的爱与美之神,后者是古罗马神话中的酒神和植物神。

③ 即俗称的"基督城",新西兰南岛最大城市,有"花园之城"的美誉。

里他"居住在兰波、狄兰·托马斯、哈特·克莱恩①构筑的精神防空洞里",同时"酒精的灌溉河流持续地流经我的静脉"。他偶尔去找工作,与新西兰诗人艾伦·库尔诺、丹尼斯·格洛弗保持联系,被接纳进英国国教。他认为,那"无疑是播种期,当我变成了一个五花八门的人,埋葬掉我曾经知道的所有东西,如同一个农民在秋天耕种,趁着严重霜冻尚未到来"。

1948年12月9日,他与雅克奎琳·斯特姆(Jacqueline Sturm)结婚,移居惠灵顿。他先是在一家屠宰厂工作,然后成为一名邮递员,之后进了师范学院。1954年他成为一名小学教师,1956年5月从维多利亚大学毕业,获得学士学位,同月受聘于教育部的学校出版部门,担任撰稿人和编辑。

巴克斯特的早期诗歌在展示其运用语言的非凡能力之际,极大地建基于那不明确的、主观的同生活的争吵,这一特征对一个年轻诗人的诗作来

---

① 兰波(Rimbaud,1854—1891),法国象征主义诗人;狄兰·托马斯(Dylan Thomas,1914—1953),英国诗人;哈特·克莱恩(Hart Crane,1899—1932),美国诗人。

说太过寻常。在20世纪40年代后期和50年代，他的创作量减少了，因为他专注于取得卓越的技巧。结果大量严重夸张的诗篇宣告了新西兰这位极具才华的年轻诗人在练习技巧。同时，他的许多诗作是过于派生性的——他很少能够超越W.B.叶芝、乔治·巴克①和狄兰·托马斯的文学影响，狄兰的诗集《死亡与入口》(Deaths and Entrances)，被他"放在我工作服的口袋里——穿越残酷的工作、严寒的工作、酒馆——醉着和清醒——直到那些诗篇成为我内心结构的一部分"②。《越过栅栏》(Beyond the Palisade, 1944)、《吹吧，丰收之风》(Blow, Wind of Fruitfulness, 1948)和《倾圮的房屋》(The Fallen House, 1953)中的最好诗篇，听起来像一份失去宁静后的悲叹的记录，因为他思虑了成年的罪与痛。

他已经建立了他与世界争斗的边界。1951年，他声明"一个共同体的艺术家的功能之一是

---

① W.B.叶芝(W.B.Yeats 1865—1939)，爱尔兰诗人，1923年诺贝尔文学奖获得者；乔治·巴克(George Barker, 1913—1991)，英国诗人。
② 《带着胡茬和大衣》(With Stubble and Overcoat)，《新西兰听众》1364，1965年12月26日，第25页。——原注

提供一种健康、长久的反抗元素,不是变成一种有礼貌的仆人"①。运用因为 W.H.奥登②变得平易的意象,他描绘了从清除荒野的角度他所看到的:"城市在它的真实的光里被看见,一如无聊和不公的世界。"那是他认为"诗歌应该包含道德真理是合理、必要的,每个诗人应该成为依据他的光③的先知"的原因。

1954 年巴克斯特加入了匿名戒酒协会④。1957 年后期,他开始学习罗马天主教的一门指导课程,次年 1 月他重新受洗,此前他曾受洗为圣公会教徒。关于他改信天主教,他随后写道:

> 我承认我自己的转变得自照耀他想要照耀之地的"爱的精神",它建立在信任完全匮乏的自然

---

① 《新西兰诗歌的近来趋势》(*Recent Trends in New Zealand Poetry*),卡克斯顿出版社,克莱斯特彻奇,1951。——原注

② W.H.奥登(W.H.Auden,1907—1973),英国诗人,20 世纪 30 年代末移居美国。

③ 原文为 according to his lights,如此翻译是为呼应上一句,也可译为"根据他的见解或能力"。

④ 匿名戒酒协会(Alcoholics Anonymous),简称 AA,1935 年由比尔·威尔森(Bill Wilson)和鲍勃·史密斯(Bob Smith)在美国俄亥俄州阿克伦市创立。

基础上,怀疑主义的深渊令我称自己为一个现代人。我怀疑所有牢固的善,对我而言,相信也是人之子的未知上帝,就变得可能了……

给编者①的信,1961年3月29日

在后来的某个时刻,他在"人类处境"概览这一课程里,坚持了相似的观点:

这些年(不管哲学家们怎么说),我已经能够区分三种不同的、具有普遍性的关于人类处境的观点:进步的观点,为大多数有政治头脑的人所持,认为人类处境是可锻造的,能够通过革命、立法或纯粹的个人努力而取得大的改善;非进步的观点,为罪犯、艺术家和不再年轻的家庭主妇所持,认为宇宙是一间巨大的、铺白瓷砖的公共便池,其病态设计为了人类的舒适,我们已经被某种未知**力量**推入其中,很可能如同一个坏的天体的玩笑,一种可能性是事情将变坏而不是变好,至少对我们个体而言;神秘的观点,认为生命是一种符码语言,源自单调、无序或残暴——那些再熟悉不

---

① 指《巴克斯特诗选》编者即本文作者约翰·威尔。

过的人类处境的特征,其实是一位全知、博爱之**父**的奇异抚摸。

我意识到,最后一种观点令大多数进步人士想在地上打滚和愤怒地尖叫;然而那是我所知道的唯一一给人们(比如我自己)——他们长期持第二种观点,无法相信两万间诊所的可用性,或两万台冰箱的所有权——以希望的观点,它将确实改变一点点人类的处境。

《新西兰听众》(*N.Z.Listener*) 1411,1966 年 10 月 28 日,第 21 页

1958 年,也就是他重新受洗的这一年,巴克斯特被授予联合国教科文组织奖金,这让他得以前往亚洲,他被那儿的贫穷境况极大地触动了。他在那儿的经历增强了他对当代西方文化的非人性方面的批判。也是在那一年,牛津大学出版社出版了他的一部题为《在一去不返之火中》(*In Fires of No Return*)的诗选,他作为诗人的形象获得了国际性认可。在回顾中,可以看到从 1953 年到 1958 年的五年期间,他已经发展的洞察力将会塑造他度过余生的方式。

虽然 20 世纪 50 年代他并不总是写得好——

主要因为他从第三阶段酒精中毒①复苏后,在改变生活中所经历的困难——但在20世纪60年代的十年间,他写得不仅量多,而且具有相当大的力量和某种朦胧性。这种新发现的强度和确信出现在《猪岛书简》(*Pig Island Letters*, 1966)中。以动人而有力的诗行,他触碰了所有人都在忍受、却罕有人谈论的创伤。他在一篇关于埃迪丝·西特韦尔②诗歌的文章里这样谈道:

看起来像恋爱中背叛的经验——遭受的某种几乎致命的伤害的感觉——最重要的是,**爱**或上帝或一个人自己的灵魂感觉正在消亡——这一经验对于人类来说几乎是普遍的。一个作家几乎不能为大众而写作,除非他或她为之所焚烧。特殊的意外——失去的爱人、死亡、某个自己的过错——几乎不重要。关键是——至少对一个作家的目的来说——他或她内在意识到的是一个孩子仅仅外在意识到的——神学家们称为**人之堕落**的

---

① 根据末期酒精中毒网,酒精中毒分为三个阶段,第三阶段为末期。
② 埃迪丝·西特韦尔(Edith Sitwell, 1887—1964),英国女诗人,诗风奇幻古怪。

秘密。经验引起了障碍。要么作家们停止写作,要么别的作家假装**堕落**没有发生——死的作品、感伤的作品——要么还有人开始写关于**堕落**的真实诗篇。

《新西兰听众》1324,1965 年 2 月 19 日,第 8 页、第 20 页

直到 20 世纪 60 年代前期,巴克斯特已经从路易斯·麦克尼斯、劳伦斯·达尔雷尔,偶尔也从罗伯特·洛威尔①那里学习了一些技巧,却没有改变自己的想象力:

达尔雷尔松开了联想的链条,帮助我避开关于**时间**或上帝的密集警句,关注无价值的感觉图像;洛威尔帮助我运用词语如紧身衣,以容纳周期躁郁症的暴力经验。他们都引导我离自己真实的主旨更近。

查尔斯·多伊尔(Charles Doyle)编《新西兰

---

① 路易斯·麦克尼斯(Louis MacNeice, 1907—1963),爱尔兰诗人;劳伦斯·达尔雷尔(Lawrence Durrell, 1912—1990),英国诗人、小说家;罗伯特·洛威尔(Robert Lowell, 1917—1977),美国诗人。

近期诗歌》(*Recent Poetry in New Zealand*),柯林斯,奥克兰,1965,第29页

他运用不同的诗歌形式表达他的想象力:

此刻,两种方法吸引着我,根据我正在创作的诗的类型——一件形式修辞学的紧身衣,带着满韵(full rhymes)和希腊神话的索引,由罗伯特·洛威尔发明,处理那些习惯性地拥抱炽热火炉者的经验;或者一个宽松的鸡笼,由依靠经验做事的木匠建造,由无名者发明,运用半韵(half-rhymes)和说话节奏,处理萧条中发生或未能发生的事情。

出处同上

他写作中的强度和张力,有些源自他生存在剃刀边缘的事实。1960年他间接提到了那一事实——虽然,正如在他全部的作品中所写的那样,他给予他的陈述以一种形而上的维度:

一个人变得习惯于生存在剃刀边缘。如果我的经济的、社会的或家庭的境况以这样一种方式——我有更多闲暇写作,可能有更多激发写作

的因素——得到缓解,我将成为一个与他的巨石分开的西西弗斯。它巨大表面的沙砾特性、无穷的重量以及它投下的黑色阴影,是我拥有的现实的最强有力暗示,和存在于我零星文学作品中任何力量的来源。我记得在特恩布尔图书馆看见一份使我受到极大震撼的文献——一份亨利·劳森①的手稿,他以一种坦率的、未定型的书写,描述了他收到一篇文章或一首诗被某个期刊接收的通知的情形……当时他正用砂纸打磨灵车的四壁。福利国家的灵车是喷气推进式的,我的部分特殊天命就是打磨它的四壁。我担心更多的金钱或闲暇会让我少了愤怒,减少肌肉痉挛,说服我那不是灵车而是带翼马车。我可能变得与我同类的**失**[去家园的]**人**[们]②分开了。那将是相当致命的。

《新西兰的作家们》(Writers in New Zealand),《登陆》(*Landfall*)第14卷,1960年,第42~43页

他认为穷困、贫瘠和不依恋财产是真正诗人的与

---

① 亨利·劳森(Henry Lawson,1867—1922),澳大利亚殖民时期的诗人、散文家。
② 原文为"D[isplaced] P[erson]s"。

生俱来的权利:

一个诗人的事业……是贫困而诚实。他也许有钱,但他应该意识到那是灰尘。他也许有声望,但请让他厌恶它,穿着它像穿一件肮脏的外套。那时他也许能够略好一点地保持清醒。可是,爱不会伤害他。它将剖开他像剖开一条鱼,然后倒挂着他,让太阳进入他的梦与低能野心的专用袋里。他将认为他快死了,当他刚刚开始醒来。

《写作与生存》(Writing and Existence),《教育》(Education)第12卷,1963年8月7日,第16~19页

虽然如此,但巴克斯特于1966—1967年间获得了一次短暂的经济保障——他被授予了奥塔哥大学罗伯特·彭斯奖金。(他虽然早先承认将"完全准备登上肉汁列车"①,但坚持"从不向司机脱帽致敬"。忠于那一前提,他的一些作品无疑激怒了他的雇主。)在他的工作临近结束时,他参与

---

① 原文为"get on the gravy train",引申义:得到不费力而赚大钱的职位。

了一项问答式教学工作,从而加续了12个月。为这一迟到的与他青年时期背景和先祖记忆的相遇所激发,巴克斯特在散文和诗歌的写作方面都多产而高质量。奥塔哥的荒凉海滩让他想起了他一直知道的那些事物:

在惠灵顿一个房间里坐下来写作,我的心里反复进行着一次想象之旅:翻越大岩石之丘,穿过布莱顿河河口,在四处闲逛,或爬上船屋,或沿着沙丘,或出海到钓鱼石,在那里来自秘鲁的波浪径直奔涌过来,一路上不曾间断。

陪伴我的将是那些活人和死者——活着的是我成长过程中已经了解的,死去的我还常常不太了解,却依靠他们获得一种连贯性和精神支撑。

《返回达尼丁途中》(On Returning to Dunedin),《奥塔哥每日时报》(*Otago Daily Times*),1966年9月22日,第4页

1963年他写道:

无意识地,这儿和海外的诗人们,都试图进入并书写穷困的处境,在此,一个人不为标语、金钱

或智力规划所蛊惑,后者恰好忽略了这一点:创造变成可能。这不只是原始主义——从一个不理解诗人的世界撤退,而是去理解一个不理解它自身的世界的尝试。

《诗歌与教育》(Poetry and Education),手稿975/153

在五年里,他作出了一个有意识的选择,以进入并填满那一虚空。

1968年末,发生了一件事,那预示了他生命的最后阶段。在一个梦里他听到召唤:"到耶路撒冷去!"——那是旺阿努伊河①上一个小的毛利人②居住区——遵循那一邀请,他离开了达尼丁,只带了一套换洗衣服和一本毛利语《圣经》。

1969年,在着手建设耶路撒冷驻地之前,巴克斯特参与了惠灵顿和奥克兰的社会工作,周旋于吸毒者、酗酒者、无家可归者和失业者之间。他要求实现:"处于在(他)家里抽着雪茄、看着电视的舒适中平稳地死去"的状态,同时存在着"一种

---

① 在新西兰北岛,为新西兰第三大河流。
② 毛利人为新西兰原住民,Maori 在毛利语里是"正常""普通"的意思。

真正急迫而明显的需求,为一些在小镇上被撕成碎片的人们,让他们拥有一处避难所"①。意识到"破碎的神话无论如何必须被取代或重建",他变成了——用他自己的评判——"一个基督教导师,一个赤足和长满胡须的怪人,很多好市民鼻子里的一股臭气"②。在耶路撒冷和其他地方,他建立社区以便那些边缘人能够有一个家或得到康复的机会。

巴克斯特放弃了财产所有权,担起了一份贫穷的个人誓言。在他频繁地从耶路撒冷去往新西兰的城镇期间,他为社会秩序的重建而工作和呼吁——他最引人注目的主题是:"社会所犯的最大罪行之一是贫穷。"他的关切不只是理论上的。他分担了下层社会的被剥夺,如先前一份未出版的手稿所揭示的那样。那也显露了他的动机:

我没有食物地离开已经一个月了。我赤脚走

---

① 《诗人、哲学家和社区长老》(Poet, Philosopher and Commune Patriarch),《奥克兰太阳报》(Auckland Sun),1972年10月22日。——原注
② 《火包围着的蝎子》(A Scorpion Circled by Fire),《星期天时报》(Sunday Times),1972年1月16日,第7页。——原注

在石头上40英里。我睡在一切可睡觉的地方,在陌生人的屋子里,在跳蚤成群出没的毛毯上,在路旁的湿草上。我常常醒着,那时那些无父的人们①靠玩牌和喊叫消除他们不可避免的紧张。

我遇到过很多厌恶我的人。我耐心地接受他们关于我性格的看法。那也许的确是对的。我在很多教堂里的祭坛前躺过,舒展我的双臂,祈求上帝②给予我悲伤、给予那无父者喜悦。我的双脚常常冷热交加地灼烧。当我的背碰到腰带上的搭扣时,我不禁咬紧了牙齿。

所有这些都是自大和胡说,除非我让上帝通过我爱他们。倘若那些无父者中的一个,他的灵魂的脑袋上的头发被我伤害了,我应该永远在地狱里被焚烧。

《耶路撒冷日志》(Jerusalem Journal),手稿975/82

巴克斯特在耶路撒冷的生活记录在《耶路撒

---

① 这一部分的引文中的"无父的人们""无父者"原文都为毛利语"nga mokai",本指囚犯、宠物,巴克斯特用它指无父者。
② 原文为毛利语"Te Atua"。

冷十四行诗》(*Jerusalem Sonnets*, 1970)、《耶路撒冷日书》(*Jerusalem Daybook*, 1971)和《秋之书》(*Autumn Testament*, 1972)里。在这些晚期诗作中,显然他毕生追求的个人诚实引导他放弃了修辞。他从国内的平凡事件为剧诗找到了主题,模糊了诗歌和散文的界线。当他运用的貌似简单的词汇和短语显示了他对语言的精通,它们也摹写了他在自己生命中渴望的简单与自由。平实的、直率的、愤怒的、充满同情心的、嘲弄的、自我挖苦的,巴克斯特的最后诗篇以绝对的真实表达了一个激烈的、复杂的和忧心忡忡的男人的经验与信念。

他于1972年10月22日(星期天)在奥克兰逝世,享年46岁,此消息激起了广泛的哀痛。他被葬在耶路撒冷,遗赠给他的乡人一幅基于基督教和毛利文化价值进行社会重建的蓝图,以及一批诗歌和散文,它们因其成就的范围和水平而引人注目。

1964年,巴克斯特在评论路易斯·麦克尼斯的最后一部书时,写道:

一次总结,一次长时间未结账单的支付,个人性甚于政治性。有一种对陷入混乱的事物的深深忧郁,一种失落的感觉,但勇气没有减弱。它是——从诗人们的大多数人性——一个完全人性的确证。

《新西兰听众》1272,1964年2月14日,第18页

他的话预示了他自己最后诗篇的品质。

他最看重的品质是真实。他从未放弃追寻它。因此,在他生命的最后十年,他获得了自己的声音,从他各种各样的与上帝、自己、社会和死亡的争吵中浮现出的一批作品,表明他不仅是曾生活在新西兰的最完全的诗人,而且也是20世纪最伟大的英语诗人之一。

约翰·威尔

目录

1 耶路撒冷十四行诗(39首)
47 秋之书(48首)
103 其他十四行诗选译(28首)

140 译后记

耶路撒冷十四行诗

(给柯林·德宁[Colin Durning]的诗篇)

如果耶路撒冷与上帝的
不可动摇的友谊不是首先
在心灵里确立,那如何让
目标中的慈善共同体耶路撒冷
建造起来而不至于坍塌?

1

灰云色的小虱子在我的胡须里筑巢
它并非如某些人称呼的,是"上帝的一枚珍
　　珠"——

不,那是个火爆的折磨者
在凌晨两点左右弄醒了我

当时,村里①的屋子中还亮着光
我穿过雨水打湿的浓密草丛

双脚冰冷,一两个小时跪在
泛着红光的神龛灯前

我仅能猜测,他从我
蜿蜒的内心里看见了什么——

一个疯子,一个小人物,一个讲故事高手

---

① 原文为毛利语"Pa",指毛利人的村庄,或防御性营地。下文提到村子时都用这个词。

他可用来取乐——"主啊,"我问他,

"你希不希望我忍受虱子?"
他无言的笑声在拂晓仍然摇撼着小山。

2

教堂走廊上方蜂箱里的蜜蜂
有一些已被雨水击亡——

当我走进,在台阶上看见它们
黑色的躯体——但随后我听到

它们成群地唱着,似乎带着勇敢的喜悦
在苹果树间,一些淡红色的花朵

坠落到小围场中心——在树下,
一辆旧马车,至少还有两只轮子和车轴,

倒放着——那大概是艾丽嘉的马车,柯林,
因为在那儿我心里有一点激动

想起那个女人,像一棵我无须
命名的树——笨拙地抚着我的汗珠,

当蜜蜂如鼓声般越过头顶,活泼的小牛看着
一个身着皮夹克的疯子坐在风边的火上。

3

阿斯村的那位老人,曾被魔鬼如此肯定地
诅咒为一个吃土豆者。他的方形画像

挂在离我床脚不远的墙上——
当我解开腰带,他温和地微笑着看我

然后开始用两只铜铃敲击我的后背
末了——二十下,已经够多了——

我很快缩身爬进睡袋
对他说——"老人,我怎么能

抽着烟,吃着柚子,砍倒上帝之墙?"
"用爱,"他答道,"用爱,亲爱的,

只能用爱"——他的嬉皮士发型随一阵
从星群之外吹来的风飘动。我伸伸腿

梦见自己跟着伊薇特进了一架摇晃的飞机
穿越一片宽阔的被暴风拍打的黑色海洋。

4

我把那座高高的绿丘称作卡尔瓦利山
它也许只有一百英尺高

但它占满了厨房的窗户——老弟,今天
我冲上羊肠小道的山脊,在顶上发现三根柱子

合宜地排列着——后面是一片松林
树干好像——嗯,我想到了橡子、栋梁

以及远洋独木舟。我没有捡起一枚
球果或一根树枝,想着——"它们是子神①的,

---

① 原文为毛利语"Te Tama",指男孩或子神(God the Son)。

他的胸腔里世界在沉睡"——而当我
返回到溪谷,一头野牛犊

它的一只突起的管状眼珠(周边
有一圈白色),猛地缩进眼窝,

它从我身边跑开——机灵地,机灵地,
觉察到那变化多端的万物主宰。

5

老弟,我的室外厕所
耗费了我三天时间建造——

深挖进黏土而成的一道沟渠,
然后是四根柱子,一些生锈的围栏电线

还有一簇大堡垒一样的凤尾草
缠绕在一起——造就了一座庄重的建筑

像巴比伦的花园,以便
我如厕时不被修女们看见——

今天早上我发现一只肥肥的绿青蛙
趴在沟里——我违背它的意愿

把它拎起来,放走了它,
但我陷入了所有权的沟里

思忖着下一场晚间的暴风是否
会吹倒整个庙塔,让我光着身子出恭。

6

月亮是杨树林上一只闪烁的圆盘
一片向下滑降的云朵

在房子上空移动——但在空房子之外,
从我头顶上,到了山丘的边缘,

困在荆棘里是我害怕的,
凶宅①——爱驱赶着,然而我

---

① 原文为毛利语"Te whare kehua",指闹鬼的房子。

一步一步地独自行走
退回到毛利之夜的中间

在那儿梦聚集着——那些一步步走过的硬台阶
通向全部的保护,甚至一枚

握在手掌里的十字架,不会恰好
挡开月亮成为一种精神的那个时刻

灵魂的伤口敞开着——生即是死
他人之死,松开了形成中的安全外衣。

7

现在我的访客们离去了,
吉尔和毛利人约翰尼——他们又教会我念咒语

还带来了关于波伊尔·克雷森特,那个
吸毒者的鸽棚的坏消息,

悲痛之屋,友爱之屋
我无主的灵魂夜复一夜地回归那里,

呻吟着——"你在哪儿?"似乎有人
在地下室放了一把火,两个房间烧毁了——

那个机智的部族消失了——吉浦西,诺玛,
延茨,罗伯特——我两臂的骨头太痛

握不住他们。我的双眼想看一看
格拉夫顿的街道,在那里我曾做过

一小会儿的王——但那座用木头和稻草造的房子
毁于烟尘中,我被那火打上了烙印。

8

很多人会认为那落伍了:
我将躬身于田野,

吃豆瓣菜,抓虱子和祈祷——
"节制适应我们的时代;此外

一种受过训练的理性方法
会给年轻人的自我调整

树立榜样"——镇上的任何神父都会告诉我;
我不听从他们,而是遵循

我十三岁的儿子霍阿尼在他
放下佛像去用注射器之前告诉我的——

"俭朴地生活,蔑视钱财,
上山时跟随公牛的足迹——

雪花在一场熊熊烈火中还能存在么?
此处有先祖的足迹。"

9

虱子们回来了——没有生物如此共生,
一点钟,它们决定与悲伤的主人待在一起

它们的蛋形包正好挂在头发根部的
平面上——或者那是我侦查后

猜想的——也许是双性的,
带着母亲和父亲之爱的双倍力量

它们深挖着,犹如一战中弹坑里的
军队——如此众多的一个国族

没有种族灭绝的危险,伙计,
虽然我用纯的滴露①折磨它们

屡次三番——我愿意签一份停战协议——
"吃掉我的胡须,让剩余的自由!"

但它们没有主教或国王,柯林
这群没有首领的无政府主义者,让我受够了!

10

漆黑的夜晚——或更确切说,只有星星
有人称之为"天空中的萤火"——

对我而言,上帝的思想太冷——我穿过
小围场,去干另一件差事

---

① 滴露(Dettol),一种消毒液的牌子。

奶牛们缓慢地移到大门外
晚上它们就睡在那儿——然而我似乎

只是碰巧走进了教堂
再次跪在神龛前,

他的堡垒——老弟,**他**的思想可并不冷!
我不敢说那是什么火在燃烧,但现在

火就在我肋骨下燃烧——而**他**同我一起
返回我自己的房子,让这个疯子吃饭,

并分享我愚蠢的祈祷,把我提起来
就像母鹰用翅膀托起她扑腾的幼崽。

11

有人写信告诉我,我是她的引导之光
我的诗是她的圣经——在这个寒冷的早晨

忙乱一阵后我抽了一支烟
听见一只喜鹊在围场里叽叽喳喳

撒旦①现身了——他猛敲着窗户,
顾不上犯傻,叫道——"白种人②!你会成为

这国家的头号诗人"——在教堂里我小声问候
那个最老的妇人:"你好③。"她答道:"你好"——

可是那本红书在我应该学毛利语的地方合上了
而这些癫狂的英语词不着边际地继续着,

多么漆黑的一道光!撒旦,你再次牢牢地
抓住了我,你细查和猜度我的内心

在中央界的支架上,最终从我的墓穴里
一股诗的浊泉将喷涌而出。

12

"玛丽·约瑟夫·奥贝特妈妈,你来这儿

---

① 原文为毛利语"Hatana"。
② 原文为毛利语"Pakeha",指欧洲裔的新西兰人,因巴克斯特的父亲有苏格兰血统,故这样称呼。
③ 原文为毛利语"Tena koe",表示问候。

驯化毛利人?"——"不,孩子,

我从我的故乡法国来到这些荒凉的山丘
只为了让他们变成基督徒"——"那么妈妈,

为什么你的嘴角往下拉着,
为什么你微微皱眉,你的衰老的手卷曲

像患风湿病那样?"——"工作,工作;
不工作谁也到不了天堂"——

"镇上没有适合毛利人的工作"——
"胡说!总会有工作,如果一个人能够

保持整洁、纯真,谈吐文雅"——"村子里几乎空荡荡的,
老妈妈,你在那儿自行其是

种樱桃树——为皈依者的曾孙们祈祷
而他们晚上需要毒品才能入睡。"

13

不可能入睡
一如我曾在格拉夫顿那样

在一个穷人家的明亮烛光下,
在一帧精细的日本肖像(画的是

那个垂死的男子①,他的双臂拥抱着夜晚)
　下面——
蜷缩地躺在粗糙的毛毯里,也许独自,

也许并非一人,拥有一条在黑暗中
奔向它嘴里的河流的巨大自由

哦穷人的珍宝,为了被爱!
我不该再看见的臂膀和眼睛——

不可能入睡
孩子们的睡眠,甜过大麻

---

　① 原文为"Man",首字母大写,指耶稣。

或者像我们被深爱那样地被爱,
带着我们被扔下的武器,为了一处休息场所。

14

我已经躺下要睡觉,老弟,这时**他**唤我
让我穿过湿漉漉的围场

溜进黑暗的教堂——你看,柯林,修女们
闩上了边门,而我像一个胆怯的贼

打开了它——红光,月光
混合在一起;突然冒出来的脚步

在走廊里砰砰作响;一只蜜蜂醒了嗡嗡地叫;
整个空寂的村子和死去的毛利人

就是此刻——在那儿,我躺在冰冷的油毡上
呈十字形状,上帝体统的

冒犯者——而**他**不得不告诉我什么?
"蠢于顽石,你知道什么

关于爱？你能担负我**热情**的重量吗，
你这个乖戾的老农夫?"我平静地回家了。

15

把香烟丢掉，
那很难,柯林！

靠燕麦片、葡萄干、
土豆、牛奶、生卷心菜过活，

那甚至是一种愉悦——但我坦白我需要一支烟
胜过需要一个女人！

它有点像呼吸——自从我享用了客人们的卷烟
（与他们一道）我就成了万劫不复的人！

可能更早些——在我六岁时，
我保存了从父亲放在屋下的一只锈罐里

偷来的烟叶,混合着陈旧腐烂的
巨朱蕉树纤维——那是一种原始美德

还是原罪？此刻我卷着它,深吸着
这黑暗的香草,宁要极乐而非天堂。

16

"郊区的街道像玻璃海"——
"打算淹没尼斯湖水怪"——

"市长否认与黑手党匪徒有瓜葛"——
"控制那轻的、怪诞的、可爱的,

在短裤或裙子下"——既聋又盲的世界
匍匐着嚎叫,想要淹没

它想象中的兄弟,那只巨型水蜥蜴?
地狱的天使们能否跨过破碎的

牙齿和玻璃而抵达天堂?
女士,当他们把你带到酒窖,你是否穿了胸衣?

谁是匪徒？我只有一半理智
但这一半理智告诉我,报纸是用来

擦屁股和盖桌子的,
而非阅读——现在,伙计,我有桌布了。

17

我赤脚走进了那间鬼屋
就在今天早上——但我似乎遇到了

地震神,由两个毛利小伙
扮演,他们用一台灵巧的推土机

摧毁了柱子、泥土、荆棘,所有站立物,
却留下了——嗯,那屋子

它的窗户洞开,幽灵们和木材
已严重老朽——我走进去,小心地

踏步,避免踩着腐烂的物件,在
某人留下的用于守护此地的画像前

跪下来——一个望云的白人①基督

---

① 原文为毛利语"pakeha",参阅前注。

(**他的手捧着他的心**),黏合牢固经得住风吹
　日晒——

我说道——"兄弟,你的毛利教堂何时建造?
你什么时候把我们全部从墓地里救出?"

18

昨天我种了大蒜,
今天,则是向日葵——"无足轻重者优先"

是条好格言——但我种植的这些,是为了纪念
天使长米迦勒,和我尘世的朋友

伊林华斯,也叫米迦勒,他给了我那些种子——
它们将在我的卧室外,转动它们

野性而纯洁的金色圆盘,跟随那用**他**
可怖的翅膀给我们带来火的太阳神①

---

① 原文为毛利语"Te Ra",可引申为上帝。

(异端邪说,伙计!)——如果**他**只想
让我在这间旧村舍里过活和死去,

那已足够,因为那使得
吉星们各就其位的天使最像

这些太阳的绿色新娘,无望地爱着
她们的主人和创造者,天空的醉汉们。

19

那块石头躺在我内心的中央
阉牛在那儿流血——就这样吧,

就这样吧,就这样吧,
现在——柯林,你知道

我说"爱人①"时的所指——我的妻子飘然而出
又飘然回到那块坚硬的石头

---

① 原文为毛利语"Te Kare",爱恋的对象,巴克斯特用它称呼自己的妻子。

那块未知之石——这头老阉牛将踢它
一两次,却又给自己提供

爱的匕首——爱人,海的波浪
世界开始前,圣灵就在它的上面行走

我为你悲泣,我因你而变成孩童
既然只有孩童有权抓住闪电

而不受伤害——什么也不做,我将做
你想要的,总有一天带给你人间花园。

20

我戴在无名指上的戒指
(阿兰·桑顿送我的)——一条鱼

代表力量[①],男人的生命之力;
两条鱼代表爱人[②]和我自己,

---

① 原文为毛利语"te ihi"。
② 原文为毛利语"Te Kare",参阅前注。

一对一的爱,那是我们的肠内之钩;
三条鱼代表众人,主①的十字架

在花中绽放;这锚,这爱②——
柯林,现在我已经戴了它八个月

左右——它燃烧着我,也挽救了我——
或者说单独的是白人③鱼

大个的是爱人④鱼,
随后是金枪鱼⑤,毛利鱼

在贫穷和黑暗中扭摆着跟在**他**后面
我必须同它们一道逆流而上,朝向十字架的中心。

21

这头可怜的驴子能否驮着**他**

---

① 原文为毛利语"Te Ariki",指基督教的主。
② 原文为毛利语"te aroha"。
③ 原文为毛利语"pakeha",参阅前注。
④ 原文为毛利语"Te Kare",参阅前注。
⑤ 原文为毛利语"te tuna"。

进入耶路撒冷①?所有的事情都反对它,

但那是**骑手**的问题——我厨房的搁板上放着
艾格尼丝送我的难看的方形盒子

那是我离开这儿往北行的那天,
一位盲人走着——她为我在盒子里放了

面包和蛋糕,还有罐装鳗鱼
让我在前往撒旦②磨坊的缓慢旅程中

拥有力量——现在我又回到这儿;
面包没了,鳗鱼被吃了,

撒旦已经在我骨髓上写下
一种理解——艾格尼丝,我想,是出自它——

在旺阿努伊③她妹妹的房子里

---

① 原文为毛利语"Hiruharama"。
② 原文为毛利语"Hatana",参阅前注。
③ 旺阿努伊(Wanganui),新西兰北岛西南岸的一座沿海城市。

那儿的树木被链锯和纵切锯伐倒了。

22

让彩虹和山峰的**制造者**做**他**所愿的
与这个可怜的白痴,**他**胡须里的虱子一道

它不会被驱逐——变得有用,可以说
是我的全部准则

而**他**会做**他**将要做的——问题不在于
我们的生存,柯林,而是我们想要操纵

一切的自负——明天我种土豆
幸运的话,偷偷地用我自己的粪便

给它们施肥,携带一把源自巨大掩体①的
铲子——不希望任何人

受辱——那是我能做的一件事

---

① 原文为毛利语"maimai",指猎人用于隐蔽的掩体。

既然他让我做;另一件就是祈祷

他会送来,在他的恰当时候,一位兄长①
在我身旁劳作,并指导我处理这些事情

23

我先是除去草皮,然后摇动它们
让土脱落下来,之后把它们

送到几码之外做一道屏障,以便
保护一些大豆——阿奎娜修女穿着

一身深蓝色裙子,在牛舍旁锄草
她告诉我——"茅草看起来长得越多,

你就耕作得越多"——我把那些长长的白根
放进一只破箱子里,借用太阳的慢烘

杀死它们;随后开始铲土,

---

① 原文为毛利语"tuakana"。

当然是沿着对角线——这人甚至不得不利用挖掘

做游戏;我的裤子和衬衫
得自特·阿维图神父,靴子得自文森特·德·
　保罗

社团——当风拂过我胸前
它似乎在说:"好了,好了,别为你穷感到自豪!"

24

这儿的小孩不像奥克兰的小孩
大声喊:"耶稣!"或者"喂,摩西!"

当他们看到我的头发——这些小家伙太讲
　礼了——
给我端来牛奶时,称呼我巴克斯特先生;

我真希望他们别那样;但修女将他们训练
　有素——
接下来她让我给他们谈谈毒品;

我该说些什么?——"孩子们,你们的父母
被掺水烈酒灌醉;在奥克兰他们醉在罐子里;

据我所知,吸毒
一点害处也没有;但那些大公司却正在卸下

用于减肥的兴奋药片,安眠药
给这个不幸的世界——那些东西会使你们
　发疯——

钱和名望是比吗啡更糟的毒品"——
那就是我要讲的;但我拿不准修女们是否觉得
　明智。

25

那条褐色的河,精灵①,在他的堤岸间
奔流不息——我设想,他甚至可能就在我

---

① 原文为毛利语"te taniwha",指幽灵或恶魔。

边上①，如果有边的话——在下游的悬崖上
仍然有磨损的缺口，他们曾推着

巨大独木舟溯流而上；就在上周，一些人
从一座古村里漂下一根横梁

给博物馆——他也可能是
一个野蛮的情人；人们说他曾倾心于

一位年轻女孩，河流拐弯处就以他的眼泪
命名——我接受那说法——我等候

心中的精灵升起——那何时会发生？
他死了还是活着？一辆小轿车在马路上驶过

挂着一幅巨大的标语，告示
游客们乘坐皮皮里基村②的喷射快艇。

---

① 原文为"be on my side"，也可译作"支持我"。
② 皮皮里基村（Pipiriki），是新西兰旺阿努伊国家公园的入口，离旺阿努伊市79公里。

26

"在一个裸身的**主人**门下，信徒不会
适应于太优雅"——我如此诠释

伯纳德的话；为了舒适，柯林，舒适
可能杀死心脏——那么，如果滴露烧坏我的面颊，

如果土块划破我的手指；如果风从云端
尖利地刮着，适逢我外出

身着一件薄衫，唯一要做的就是避免
太优雅——我的儿子告诉我：

瑜伽士密勒日巴，多年靠荨麻汤过活
他的妹妹叫他傻子——我们的神学家可能会

评判："禁欲的享乐主义者"——但他们如何
与尘世生活和他们大学里的肉身抗争？

悬挂在我门上的裸着的**主人**
把**他**的骨头交给了篝火，如同老密勒日巴。

27

一根细枝上的三朵黑色蓓蕾,寓示
三位一体,是在我上衣里子中找到的

我从伏尔甘巷①那端 RSA 大厦对面的树上
折下它们,之后就忘了

在那儿我会把我的风衣放在
草地上,随后盘腿沉思;有一个女孩

坐在我旁边;
她会手握一朵蓝花站在斗牛场中央

随着树上的细枝变黑
然后又慢慢变绿——她还年轻——如果我说:

"拿去我的衣服,拿去我的钱"——
她就会离开;而因为我什么也没给她

---

① 伏尔甘巷(Vulcan Lane),新西兰奥克兰市的一条街,亦可译为"火神巷"。

她一次次过来,分担那一无所有
像一只鸟儿筑巢在张开的手中

28

在一个满是烟的屋子里,火炉已经点燃了
待在一艘驶向火星的宇宙飞船里的感觉

正在失去控制——如正午魔鬼的翅膀,
我想,虽然他碰巧在晚上造访我,

那隐士的常客——他说些什么?——诸如
此类——"你应该在别的某处,兄弟,

任何别的地方;这污浊的生活糟透了,
极大地限制了你的聪慧之才

譬如——嗯,你命名它们!——在现代生活框
架下
什么都不做你会更好——那无关紧要,

只要不是——唔,埋在牛粪里,

吃吧,睡吧。"——(他没有提祷告)——

"至于你那创建部落的奇想嘛,
见鬼!你得靠自己了!"——我用铲子压扁了他,
　　像压一只沙螽①。

29

我们的**女士**摆脱了魔鬼,这无须谈论;
那是她的习惯、清醒、热情,

不可思议——但假使你有一天,
柯林,问起我的墓志铭,

我建议用这些词句——"他太受扰于
他自己的荒谬"——虽然我宁愿用——"赫
　　米②"——

---

　① 原文为毛利语"weta",一种产于新西兰、类似大型蚱蜢的昆虫。
　② 原文为毛利语"Hemi",是巴克斯特为自己取的毛利语名字。

再无其他——今天我的新工作
是理顺十四棵小小的绿色菜秧的

根须,那是阿奎娜修女送我的
包裹在潮湿的报纸里——一个好用处,伙计,

对于书写的文字而言!——然后小心地把它们
放进用挖掘工具捣成碎末的极好的

松土里,随后给它们浇了一点水
那样太阳就不会烤焦它们细嫩的叶子

30

如果耶路撒冷部族①最终不过是
一个孩子夜晚的梦——那么好吧,

我有一座花园,一张可躺在上面的床,
还有各种各样的客人——一些咕咕叫的鸽子栖息

---

① 原文为毛利语"Ngati-Hiruharama",专指巴克斯特所在的耶路撒冷部族。

在我的后门边。当我在小围场里发呆
苹果树下两只健硕的粘着粪便的猪

开始一场交谈,想象中的,我想
我是它们的赞助者——那应该足够

保持肠的移动和内心充满感恩;
而太阳升起时,我冥冥中听他在河雾之上

叫唤——"这是我主的山上
要塞;它被称之为耶路撒冷!

山羊和负鼠将在岩石间
找到一个家,欢乐之河将从它那儿流淌!"

31

特·阿维图神父来访
挂着一根高尔夫球棍;虽然中了风

他的言词足够清晰——"神父,你是否认为
肉体之罪主要是凡人的?"——"是的"——

"在镇上就很难"——"呃,毛利人能够做得好;
这个地区没有一个穷人"——

"我花了大量时间写信;
你可以播下一粒种子,神父,但它在黑暗里自行
　生长,

除非有上帝"——"你知道,
我产生了一个想法;你可以写一部戏剧

关于降临到莫托阿岛上的那场战役;
一位**兄弟**殒命在那儿"——火炉上的盘子慢慢

升温,神父没喝咖啡就走了
毛利天使让我安守本分。

32

用一份道德清单折磨自己
当我割断草皮,把它们放平

做一道屏障用于遮挡豆子,

我想到了我的两个私生子

他们成年之后将怎样评判我；
不恰当,我承认——然而一个男人能做什么

他想要做一道屏障遮挡豆子
却割断了草皮、把它们放平；

一个男人能做什么,他负担着一个女人
却以尽其所能的方式爱她

直到他的勇气尽失？"你现在是一名路德会教
　　友,"一个
声音在我耳边咕哝着；但我笑了,

记起女人们没有用避孕套或避孕丸
因为她们要和我生小孩。

33

现在是清晨,没有刑警队
让我保持警觉——我曾在自己身上画十字

念叨着万福圣母,然后踉跄出去
到厨房和摩根说话——"房子脏了,

巴克斯特先生! 那不是治愈
任何人的方法"——"唔,摩根先生,

这是一种白人①会堂②,
我只是房客——你可以见到一种毒品

他们还用着,叫酒精"——他一脸胡茬子,什么也
  不说
却如一头兴奋的西班牙公牛四处转悠

这时小子们爬下了床;我想他喜欢这地方,
他感觉像在家一样——可现在是早上九点,

只有我自己。鸟儿们和阿奎娜修女
敲着门,带来了一碗矮生菜豆。

---

  ① 原文为毛利语"pakeha",参阅前注。
  ② 原文为毛利语"marae"。

34

我在毛利语入门书里读到:
"风开始吹了①"——

风开始吹了;它吹了一个世纪
由火枪和法律推倒了

上万间礼拜堂——其中两间在村里,
都没有使用,老鼠和蜘蛛在那儿汇合;

禁止靠近的②土墩,盗贼们的脑袋被焚烧之处,
也许将提供一天的高尔夫课程——然而

他们的孩子们害怕魔鬼③,
丛林恶魔;因此

他们让屋外的灯整夜地燃着——

---

① 原文为毛利语"Ka timata te pupuhi o te hau"。
② 原文为毛利语"tapu"。
③ 原文为毛利语"te taipo"。

这个白人①食草者能做什么?

什么也不,什么也不!风的部落,
你们可以拿我的肉当食物,我的血当饮料。

35

我正在设置的捉人的圈套
简直是摆设——康登神父将在星期五

(倘若他记得的话)从奥阿库尼②带来
我朋友弥尔顿雕刻的耶稣钉在十字架上的苦像

身着刨花做成的服饰
一张无特性的脸,毛利人或是白种人

当灯光照在上面;还有霍阿尼借给我的
工匠佛像,以及玛拉的印度教徒像

---

① 原文为毛利语"pakeha",参阅前注。
② 奥阿库尼(Ohakune),为新西兰纳蒂朗吉(天空人)和纳蒂乌恩努库(彩虹人)最早定居的地方,是进入东加里罗国家公园的南大门。

特里克斯传下的,以至一贫如洗——
还有什么,柯林?他们说最好

打碎一只腐烂的鸡蛋到河里
去抓鳗鱼——我想我就是那鸡蛋

主①必须剖开我
如果那鱼正要完全被吸引。

36

阿斯兄弟,阿斯兄弟,你充满幻想,
你要这要那——一个女人,一株蓟,

一首诗,一台咖啡机,一张白床,没有虱子;
现在你抱怨那将任由你

在阳光下飞奔的**骑者**②的重担!
啊好吧,那就把**他**踢开,看你如何

---

① 原文为毛利语"Te Ariki"。
② 原文首字母为大写(Rider),根据下文,应指造物主。

跛足在荆棘里行走;你沮丧的嘟囔声
在我耳里是丑陋的——很久很久以前,

那场战斗就已结束,结果决定了
谁将成为王——继续吧,被世界的**主人**

装上鞍子、套上笼头的小驴子,
很高兴你能一点不偏离轨道地辨清

石头是尖利的,你的皮肤会发痒,
他的真实份量重重地压在你背上。

37

柯林,现在你能看出我的言词是蹩脚的;
艺术的光鲜外衣,**他**从我这儿拿走了

就像我捻碎在教堂门上的蜗牛
我的歌显示了我的愚蠢;

一个家常男人的话我说不出口,
家和床,**他**从我这儿移走了;

像一匹老马转向了草地,我抬头
钻进荆棘树的花里;

教士或修女的祷文我不会用,
教堂①里的歌,**他**从我这儿带走了;

如同盲人见面了互相抚摸对方的脸
他也宽宥我的虚弱;

当十字架举起,时日进入黑暗
管束我自己的法则,**他**从我这儿取走了。

38

"现在我快死了因为我没有死"——
挂在树上的小偷唱着歌;

"我出生的房子有七扇窗户
它的门却对我关闭;

---

① 原文是"His house"。

我是否抢劫过我已忘记,
死亡已将我捕获;

有一个曾给我一杯酒的妇人
她的眼里充满了怜悯;

甚至不再有审判
在我不得不待的地方;

我不能转动我的头去辨认
谁挂在我旁边的另一棵树上;

让那个站在下面的妇人
念一句祷文,为他和我。"①

39

在奥克兰,它曾是十二天的花环②,
与朋友们聚餐,在街上大喊大叫;

---

① 本诗化用了《新约》中耶稣受难的情景。
② 指一种装饰性花环,一般在节庆时戴。

现在它是顶点,干净的燧石小刀——
柯林,如果你见到帕特里克·加利,转达

我对他的喜爱;如果你有时间
外出到布莱顿一两次

去看望我的父母——把责任
派给远方的好朋友是容易的,

但我说,"如果"——一件事,图像如何
完全来到意志沉默所在的中心

而毫无差错?我希望写五十首十四行诗,
但只有三十九首,作为礼物送给你,柯林,

来自耶路撒冷①,
来自苦工②赫米③。

---

① 原文为毛利语"Hiruharama"。
② 原文为毛利语"te tutua",也有"小人物"的意思。
③ 原文为毛利语"Hemi",参阅前注。

秋之书①

---

① 秋之书(Autumn Testament),其中的"Testament"(约书)显然源自《圣经》。巴克斯特在这一时期还写了一篇同题的长篇随笔。

1

当我离开托罗·普蒂尼的屋子,走下山来
裸足踏在尖利的石头上,一阵疼痛

那是一种恰当的苦行。村路上的尘土
是冰冷的,然而我能看见

月亮的斧子十分缓慢地下沉到
树林后面。从教堂窗户射出的

红光有着幽灵般的神情,而在
此地,幽灵是真实的。月光下,

教堂门上旧蜂箱里的蜜蜂嗡嗡作响
我走进去跪下,然后出来行路

上坡时经过一匹受惊的马,它跳进
女修道院上方的小围场。现在,一两个

族人回到大房子里——你让我做什么,
耶稣王?你和我玩的游戏把我变成了圆石。

2

太空①,所有生命的源地——太空
已经给予我们这些织就的蛛网

它们把草的高头系在一起,
逐一教化。一根棍子就能捅破那白丝

但我不会那样做,以成人的怜悯
懂得了:如果没有其他好处,

这个无父②的部族也许有两千人
现在像种子被播撒,在垃圾箱或拘留所里

或在一个共同梦想的蛛网里面
被他们各种各样的需求所占住

毒品,工作,金钱。希安,凯特,
多恩和弗兰茜,现在和我在家里

---

① 原文为毛利语"Wahi Ngaro",是用在毛利人创作的圣歌里的呼语。
② 原文为毛利语"nga mokai"。

在礼拜堂①——一朵硕大的白花

在风中摇晃,把一颗盲目的头转向我们的阳台。

3

现在我们的肉所剩无几,但多恩

从小路上回来,肩上扛着一头山羊

我吃了一惊。"关于屠宰,"他问我,

"你懂点么?""不是一件血腥的事!"

然而今晚,我靠着桌边读了革命者德布雷

写的一本书,两根蜡烛燃烧着,

前面是西奥多神父送给我们的被钉在十字架上的

英雄②,

这时多恩弹着吉他,凯特在说话

弗兰茜在另一个房间洗澡,

---

① 原文为毛利语"wharepuni"。
② 原文首字母为大写(Hero),显然指耶稣。

晚餐好极了——半个羊心,一枚腰子和一只睾丸

还有卷心菜和大豆。外面的山上
猫头鹰在叫唤着,如同人声,

村民告诉我们,是有人要死去了,
但那可能是任何人。今晚我们安然无恙。

4

太空①,我们的经文所出自的裂口
像孩子们向上射的泰太草②箭矢

落回——太空,
无垠的,安静的,黑色的夜空

源自那儿的教堂簇拥着,像一个在她
地面小丘上的女人——挤进你宽广的臂膀

---

① 原文为毛利语"Wahi Ngaro",参阅前注。
② 原文为毛利语"toi-toi",是新西兰本地的一种草。

行进着,我忘记了上帝的名字,
然而现在是正午时分,我能听到苍蝇游荡着

穿过房间,感觉风吹动了
嬉皮女神图像,那是某人画在

一块旧窗帘上并钉在墙上的。我能看见
橙色的花束凋谢在一个牛奶瓶里,

如果我喜欢,尝尝我的烟草痰液,摸摸这巨型基督铜像
那是西奥多立的,放在他自己削砍和捆绑而成的十字架的两端。

5

太空①,现在自我像一个哨兵
在灵魂的入口关闭了它的眼睑

就那么一会,正如今天

---

① 原文为毛利语"Wahi Ngaro",参阅前注。

当一群鸭子在急流之上的某处

起身扑腾着,我走到那儿裸身
沐浴,水溅到我的大腿上,

随后我光着脚走过光滑的圆石,
想着:"除了这世界,不需要有

另外的天堂"——但很快雨
从一朵紫色云里落下来,我用

柳树叶和荆棘遮挡自己,一如亚当
面对天父所做的那样。我为弗兰茜带回

一小枝打湿的野薄荷
它明天应该跟土豆很相配

6

自己的黑暗返回了
既然房子是空的,

一种处在半黑、半亮房间里
被透过方形门道观看的危险感觉,

桌上杯子留下的静止的环,
黑暗,一只飞蛾的颤动,

一张放进坟墓里供死者吃饭的桌子,——
那正是,那个**死者**!——"你为何晚上

拜访了托罗?夜晚是给猫头鹰的时刻",
维赫今天告诉我,当我们坐下来享用

油煎毛利面包、肉和泡菜时,
我们就是我们每个人某一天必将回到

我们的母亲即坟墓那里的。自己的黑暗
来自知道什么都不能拥有。

7

醒来,伴随着一阵由硬垫子造成的背痛

在一个借来的睡袋里

是安妮借给我的——那是她的方式,我想,
同时作为女儿和母亲给予

拥抱的方式——朋友,女儿,母亲——
这些孩子们有足够的爱心滋养这死寂的世界

像躺在床上的戴维——醒来并看到
闪耀在墓地旁边树叶上的太阳

要不就是来自太阳后面的光。在墓地
他们中有些人清除了荆棘,放在光秃秃的岩石上

一个装满了花的果酱瓶——醒着就是再次
在肩上扛起这个奇特的世界

它的秘密不能为我们中的任何人知晓
直到我们进入死亡①的王国。

———————

① 原文为毛利语"Te Whiro"。

8

兄弟们,绿色的胡桃果膨胀着
在山下的树上,

浑圆而坚硬,如一个男子睾丸的形状
随后它们将落在草地上

给我们和村里人。我坐在路边棚屋里
在这个秋天的早晨,太阳照耀着

没有一丝云朵。莉娅,托罗·普蒂尼
谈论着他们的众多孙子们,

我说:"在我生长的南岛
有一块石头我父亲经常在那儿钓鱼;

有时他会放一张网在石道里
去捕鱼——大海是我在这儿对着河

想念的那件事物。"于是普蒂尼告诉我:
"如果你拥有了这条河你同样拥有了大海。"

9

有着水桶一样喉咙的石斑鱼,
懒洋洋游着的鲳鱼,

泛起一大片涟漪的黄貂鱼,
母鲨和她的幼崽们,

有着石英眼的杖鱼,
带铁腿的海胆,

成群的章鱼,
肥美的鲈鱼①,

这些画面在睡眠中升起
穿过我灵魂的水域,——

仿佛我如一个胎儿已被放在
海神唐加罗瓦的胸脯上,

---

① 原文为毛利语"terakihi"。

我心里揣着一种古老的渴望
想要被海水溶化和吞没。

10

这座教堂顶上古老而带着光环的十字架
太荒凉了,对老奥德修斯的内心来说

他正回家到他的石桌边,活着和不活
暴风雨,言词,斧子,和女人们的手指,

或毛伊的智慧——他爬进了他女祖先的
身体里,然后死在里面。那些在车里或赛艇里

跨过河流的人,看见那高高的十字架立在
耶路撒冷低矮的屋顶上,

谈论着奥波特修女和天主教布道团,
但当我看到太阳下沉,月亮升起

越过山脊边缘,我明白了我所听到的——
"一个男人内心的想法很多而且是隐秘的"——

我们把我们为了赦免的痛苦
交给墓地的草丛或一个女人的胸脯。

11

有时当我行走在正发芽的无花果树旁
或河边浑圆的石头上,

我遇见我死去的父亲的脸
他的颏上有一两根白色的胡须茬

安全剃须刀丢了。他年轻时
会握一把有象牙柄的开式剃刀

然后用它灵巧地刮完他的面颊,
露出光滑的蓝色皮肤。"老人,"我说,

"我长久地爱你,很多人仍在爱你,
是否有机会让你的儿子永远同你一起

在夏日星空的王国里?"他离开我
一言不发,但如同他身后的一点装饰

无花果树叶间隆起的果实更绿了,
正午太阳的亮眼更炽热。

12

爬梯子去往上帝的阁楼,这个愿望
在我们之中根深蒂固。雅各看到的天使①

并非他本人。在这片满目疮痍的土地上,
黑莓的长势最好,我不会砍掉它

直到果实成熟。昨天我摘了一颗
放在我嘴里是苦的,

所有爬梯子的游戏毫无意义
如同在毯子和床之间不为好目的

而被释放的精子。我曾听见
一名神父详述他辞职的理由,

---

① 本诗中讲到的雅各的梯子,典出《旧约·创世纪》。

"去爱上帝,去服侍人。"梯子踏板没有减弱
一丁点他所受的孤独魔咒,

这时撒旦向我吹口哨:"你!又是你,
老狗!你来是为了撒更多粪在耶路撒冷吗?"

13

头六个月,我在里面做祈祷很久的
那片松树林被伐倒了,用于柴火

或给郊区的房子制作地板
孩子们在那儿得了方形眼①。一百尺一元钱

看来价格太低,不能用来
购买**升天**②的那些绿色烛台

升天的火焰已经喷发,但现在树林没了
我赤脚走在铲平的黏土上,

---

① 方形眼(square eyes),也称"电视眼",是看电视过多导致的。
② 指耶稣升天。

想着:"松树是法利赛人,
它们把它们神圣、肆意伸展的树冠推向**天空**①

但下面什么也没长。"某天在那座被毁坏的山上,
如果上帝要求,就会有一间用毛利椽子

做的房屋,门廊上方写着这些文字:
"众水之恋人的精神②。"

14

很快我将去南部参加我外甥的婚礼
去那片我出生的僻静的土地,

在那儿所有的祖先埋在了地下
如今我父亲归于其间。在我母亲的墙上

提奥·斯库恩以前画的肖像
让父亲显得像铁公爵③

---

① 也可译为天堂。
② 原文为毛利语"Te Wairua o Te Kare o Nga Wai"。
③ 英国首相惠灵顿公爵的别名。

他的下颏和嘴巴周围留有
犁铧切开的线条。他看起来确实如此

那段时间里,工党政府把我哥哥投放到
霍图监狱农场达五年之久

是因为他效仿我父亲
拒绝服兵役。现在,在我母亲的房子里

那画像是一帧圣像。父亲,是与军方作战
容易些,还是与一个人自己心里的蛆虫?

15

小河奔流,在它清澈以前不得不混浊!
正是在这个房间里我目睹了一切,

椅子上的小伙们和姑娘们,有的跪着,有的站着,
有的戴着头巾,有一个弹着吉他,

西奥多神父正在放下一只
装满物品的旧箱子,上面盖了一块毯子

他把那当作做弥撒的祭坛。没有风
从屋门吹进,没有火舌,

但伤口下的新皮肤,正变得人性化的教会,
仿佛宗教不是希望的墓地

而是一根开满花朵的树枝——啊好吧,不久前,
斯莱被判了两年刑,关在监狱里,

玛努已经回到位于波里鲁阿的病房,
教会能够计算她在法利赛圣安礼中的损失。

16

无人能打赢那样的战斗,
我不尝试——在麦克唐纳新月形街区的

一两个月,看起来我们也许能够
向公共工作部施加压力

让他们退出一间旧的空房子,
可是一无所获。男孩们在劳动局坐了五个小时

没能拿到救济金,一如既往因为失业
进了牢房。我尝试甘地主义策略

禁用咖啡和柠檬汁
一共二十五天。那不会弄皱官僚主义的羽毛,

哪怕一根!没有洞室,没有灯光,没有水,
我们在野外火炉上煮米饭和马铃薯

记起持十字架的圣约翰①的话:
"我们的爱之床在狮群的洞穴间建造。"

17

在那些时候节食让我变瘦
虽然如今肉肚回到了我的腰带下,

我将下楼去红马餐厅喝一杯咖啡
在凌晨三点,这时酒鬼们聚在一起,

---

① 圣约翰(Saint John of the Cross,1542—1591),西班牙神秘主义者,反改教运动的主要人物。

镇上的黑暗天使
将咕哝着:"伙计,这个迷宫没有

出路了!我打算磨碎你的灵魂
和他们的,唾弃你如同腐烂的卷心菜"——

当时角落里的沙龙带着五个水手帽
撞见了我,抓住我的手——

"赫米①,我要处理掉这些
它们每个十块,那样我将得到五十块;

我恨这样"——镇子上空扑闪着
哈米吉多顿②的血红色鸽子的翅膀

18

列宁老爹,你明白灵魂完全
被劈开的那一刻,如同一个人将用斧子

---

① 原文为毛利语"Hemi",参阅前注。
② 指《圣经》中所讲的世界末日善恶对决的最终战场。

把一根干木头劈成四个柱子,
但那时你的农民们仍然有灵魂

嗅到了祭坛上的圣餐饼
并知道他们母亲的名字。金钱的面具

将伤口藏得太好我们无法触摸,
对一个带针的男孩来说枪是无用的

他的世界是一个萎缩的玻璃罩
一种来自香港的麻药将公然

注入黄色邮轮上一头兴奋的大象
以便让它沉睡后运回家。美元是重点所在,

列宁老爹,你在红场上的骨头
被裹在卢布里直到耶稣复活。

19

年轻人的身体不是花朵,
正如有人会猜想——是挣扎

在一个恐怖的铁网里的灵魂
将变成它自己,将学习好好地爱,

将滋养他人——当穆玛从地下室回来
从手腕到肩膀都带着伤痕,

他们为她梳头,用手臂搂着她
直到她开始焕发神采。她给我们烤的面包

比你们在饭馆里吃的食物更好
因为她的灵魂在里面。我们在教堂里分享的面包

包含了一个独自被钉住的基督,
我们全部的疼痛就是成为水晶瓶,

如同老鼠害怕神一样的猫
它会把它们塞进地狱让其彼此抚摸。

20

我梦里某个人在晃动一块毯子
送来一阵狂风,伴随灰尘和跳蚤

越过我的身体——当我醒来
在黑暗的房间里我看见一个摇摆的形体

像我小时候读过的故事中所讲的
城堡里的吸血鬼。不管它是不是

来自距离房屋拐角四十英尺远的
墓地,恐惧将增加任何幽灵的

力量——于是我穿过屋子,打开灯光,
抽了一支烟,细想彼得·马林的

一些篇章,然后开始写这首诗,
既然一个某天将死的人不应该害怕死者,

这个部族需要一个仅仅害怕
终止好好爱他们的父亲。

21

耶稣王,一天或一周的抱怨之后
我总是回到你的面包和盐,

因为没有其他人,没有别的神,
分分秒秒与我们一道承受痛苦

要我们同他一起死。甚至没有罪,
今天早上我念了《又圣母经》

当雾气慢慢飘出树林,
我煎了四片面包享用,

然后坐在那幅画像下面,它曾立在
一间荷兰农舍里,继而在普塔鲁鲁的一个房间里,

现在放在这儿。那大概是西奥多的
光轮,来自他粗大的身体和挨着

骨头,并给智慧带来
充足养分和成倍补给的太阳心。

22

祈求一颗轻松的心完全算不上祈祷
因为心本身是嘎吱作响的桥梁

从上面我们穿越这些喜马拉雅峡谷
从悬崖到悬崖。夜复一夜地

排出灵魂的血液是雅各的使命,
雅各将被治愈。这个在雾寒中

颤抖、品尝着酸脂的身体,
被做得像一个麻袋挂在它盗贼的十字架上,

算计着说基督的话比面包更好,
"*以利!以利!*①"教会将被摇晃如一张

风中的毯子,我们是跳蚤
落向被污泥覆盖的地面。盗贼兄弟,

被放入我胸腔里的你,别谴责
我们拥有的唯一通向天堂的门。

23

热量再次移进了我的骨头

---

① 根据《新约》,此为耶稣临终前的呼告。

这儿,在阳台的边缘

特·阿维图神父一小时一小时地
用新木板修补被从没有水落管的屋顶

倾盆而下的雨水腐蚀的地方,
当我问他为什么,他回答:"为上帝工作①"——

"为上帝工作"——房屋完工的那天
我在前面房间里点燃炉子,

它花费我二十美元,是旺阿努伊的二手货
有个破了的盖子——木材,炉子,火柴,

第一团火焰升起了——于是这间
居住时伴随着无人占有的火焰——

它现在并将始终燃烧在族人心中——的房屋
变成一件对世界来说太简单而难懂的事物。

---

① 原文为毛利语"Mahi mo Te Atua"。

24

巴里用新镰刀为我们
割下的褐色草,堆放在

房子和我们存放床垫的
储藏室门之间。巴里离开了

也许去了奥克利,在那儿他们给他注射毒品
然后问他手臂上纹身的意思——

"爸爸;爱;恨"——过去他曾像一只鹅
滑过审判庭的中间,走上被告席[①],

他的外衣在臀部以上裂开了,
靴子在地板上发出巨响,他的额发垂挂在

一只眼睛上,然后一仰头甩回去,一个
在他朋友们注视下的嫩仔[②]。警察就是

---

　　① 原文为"dock",也译作"码头",可与上一句的"鹅"对应。
　　② 原文为法语"débutante",本指初进社交界的女子。

处于头脑发热求偶期的无知情人们
对他们爱的言辞是脏话,接吻成了吹气。

25

理查德不会来这儿了,害羞的家伙,
谨慎如一只刚刚把触须从岩石的

裂缝中探出的小龙虾。他十三岁时,
在数学课上,老师常常让他

站在教室前面的废纸篓里,
我曾听见律师问他:

"难道你不能考虑做更好的事情来过你的日子?"
"想啊。"如一块幼石的脸沉下来:

"傻瓜没有机会。"
我听见他在街上摔破了瓶子

就在娜奥米遗弃他的那个晚上;
作为母亲的娜奥米发现他

实在太难负担了。然而他没有砸坏窗户。
目睹独角兽的被围捕令我伤心。

26

我沿着马路行走,在太阳神①的注视下,
一只飞着的蝉陷在我头发里

直到我放了他。正当我读完
《荆冠加冕之谜》,

雷克斯开着卡车停下来——"新监工
有一点希特勒……软骨从我的胯骨分离了,

当我躺在床上,骨头都要
脱臼了。"他继续开着穿过了尘土。

我读《十字架的担当》时始终惦记着他,
然后跪下来,在黑色塑料罐旁边读《上帝之死》

---

① 原文为毛利语"Te Ra",参阅前注。

那里的水槽长满苔藓,接住
仲夏时节从屋子的排水管

流下的涓涓细流。这儿,在
白桫椤的带棱纹的绿枝下是凉快的。

27

我待在麦克唐纳新月形街区的那三个月
是住在拉撒路的屋子里,三个部族

各住一层——在底楼,酒鬼们
在白木屋酒店烧毁后就搬到那里;

他们的上面,是蠢蛋们;分散在第一层
和第二层之间的,是希望击碎

教育之石的学生们。酒鬼们是我自己这一族。
一个星期天,酒馆打烊了,他们在前面那间

大房里举行了一次会谈——拄着拐杖的洛夫蒂,
哭丧者菲尔,言语从来不多的塔斐,

还有一两个别的人——会谈中他们坐着,他们的
　脖子
像花岗石柱,脸像海神特里同,

身体像树根。冷静如拉达曼提斯
他们评判小镇,发现它已经被评判。

28

两个女孩都病了。我发现给她俩
烹制食物①是一件累活,

端茶递水,读一些诗给弗兰茜听,
或给希安拿一条毯子——那足够忠实!

我做了。诸事自有其时。
我曾打算去奥塔基定居下来

做天主教的普通教徒,但更直白地说
是和凯特、多恩离开。弗兰茜变得活跃了,

----

　① 原文为毛利语"kai"。

睡在通风处,在屋子里溜达,
希安平静地躺在一朵佛云里

由于流感病毒和素食引起的迟钝,
一个来自威尔士山的女孩。家的氛围

很快占了上风,她们成了我的女儿,
我成了她们的爷爷。我们渐渐很好地彼此熟悉。

29

我想用斧头劈成的十字架上的主
在一如既往地嘲笑我的诗,

我的严肃的隐喻,我的爬梯式的抱负,
因为他自己是无可救药地顾家的,

一个从不拿剑的居家男人,
一个陪伴困难母亲的独子,

假如你明白了我的想法。他又让我承担了
照料一个家庭,无疑

他让我远离奥塔基
因为我胡说八道,顶着贫穷

如一件虚荣的外衣。今天,坐下来
做弥撒时,依照弗兰茜嘱咐我的,我带了圣餐

给她(也给了希安),轻声咒骂着
那个不让我洗自己的一副牌的"大王"①。

30

仅仅为了埋首于一件小事,
很奇怪,如此伟大的和平将要来临!

我发现电杆旁边像一颗星星的花
是由三十个独立的花冠组成的,

每一个有不同的花期——为什么,我说不出,
但上帝的光自它们那儿闪耀,

---

① 原文首字母为大写(Joker),指纸牌中的"大王",根据此诗情境,应还可引申为"主"。

细微的纯粹的隐匿的光,自从我
离开格拉夫顿后就没见过。那些天里

我会在黎明前爬**领地**上的山,
当树叶冰冷如地上的

铁,我会与树们交谈——这一个
想着她穿窄的树皮裙是丑的,

那一个认为一个女人应该有许多孩子——
树仙女——她们的伟大的美令我战栗。

31

我告诉女孩们:"在长时间思考,
细阅阿拉伯文和拉丁文书籍,

与二十五位同事商量(通过电话),
用放映机和木琴进行检验之后,

我已得出了诊断的关键点,
你们的病是混合的,

肺结核,霍乱,麻风病,
裹在了一起"——她们并不在意,

我想,这房子的主人也是如此,
一个从一战退役的毛利中士

穿着制服,坐在一把藤椅上
在壁炉台上方那张一尺高的相片里。

我认为他看穿了我们——"没有书①!
如果你们了解毛利文化,你们会过得很好。"

32

生活可能是一件难事。你是否免于此,阁下,
当你争论祈祷书的变化

或者改善你的高尔夫风格时?下午一点
在你的或我的屋子里

---

① 原文为毛利语"Kaore nga pukapuka"。

灵魂也许会陷入疼痛,像一个
滑过矿井筒边草地的孩子,

因此别问我:"你给《每周新闻》发表的
声明是什么意思?"——或者——"究竟

你和莎莉某的关系怎样——?"男人是一个
黏在一根巨大排水管边缘的水泡!

让我们满足于下一盘国际象棋,
分享一杯咖啡和饼干,让基督解决赤字,——

他们说,先祖诺亚有八个灵魂;
你我都不可能已经到达跳板。

33

"母亲,你在女修道院小路旁的雕像
有石膏碎片散落在周围

雨水或霜冻剥蚀了你身上的披风——"
"不要紧的。""你知道,在冬天

我经常跪那儿,在刀形的月亮下
祈祷——""我听见了那些祈祷。"

"母亲,你的蓝色长袍看起来像石头,
太僵硬了——""他们做成的我的样子

从来不是我自己。""我们的教会对于年轻人
看起来像一个美杜莎①;他们想要——"

"自由,是的;基督是唯一的主人。"
"他们被教导评判他们自己。""忍受它。"

"可是罪——""我看没有罪。我的秘诀是
我收容我被给予收容的**孩子**。"

34

在晚上沙蝇将从河里飞起
来咬我们光着的脚踝,我们在那里

---

① 古希腊神话中的蛇发女妖,任何直望她双眼的人都会变成石像。

等候一条航行中的拖船。彼得在岸边
挖了一个池子以便把鳗鱼投在里面,

我们捉住了一只他扔在那儿的
像一条蛇扭动着,由于钻进泥沼里

它身上还有污泥。"赫米,为捕捉祈祷。"
"水面上很平静;

上帝在这儿。"我们又捉到了两条,
然后拿起第一条送给兰奇叔叔①

以免他缺食物②。一条鳗鱼喂饱十二个人,
而彼得是一个厨师。卡尔放了五条鳗鱼在浴缸

以一个小精灵的注意力观察它们,
它们的鳍划动的方式,它们缠在一起的方式。

---

① 原文为毛利语"Koro"。
② 原文为毛利语"kai"。

35

在冬天这儿的炉子将生火
温暖整个房间。我们还需要

毯子,买食物①的钱,用于照明的钱,
铺在房屋和村舍之间小路上的石子,

用于屋顶的新铁具和涂料,一些窗户玻璃,
五六把椅子,两扇门,一个用来储存肉的冰箱,

一根走廊横梁和水落管——贫穷是好的!
没有上帝我们的船将会下沉,

生活本应如此。盲人把瘸子
扛到背上,于是盲人

有了眼睛,瘸子有了腿。依他的老习惯,
我要说,上帝会让我们等待直到船在下沉中

---

① 原文为毛利语"kai"。

然后立刻舀出水去①。那个人依然故我
行走在水上,考虑他自己的想法。

36

这个晴朗的有风的早上我想起
加尔各答那个躺在水果摊旁的麻风病人

在一座大桥的阴影下。油乎乎的绷带
环绕着他的四肢,苍蝇慢慢地

在他的鼻孔里进进出出,爬过他的眼睑;
黑色桃花心木的狮子脸

展开它的眉毛朝向上面的云朵
拉姆也许住在云的后边,从那儿落下少许

雨滴浸渍了人行道。我扔了一些钢镚
到他的锡盘里。一个警察,身材像毛利人

---

① 原文为"bail it out",也可译作"帮助脱离困境"。

穿着卡其布短裤守卫着水果摊,
说:"它们对他没用。"但那人没有完全死去。

他年轻时本该有一把枪。
在那里或在卡罗里,疾病是,不被需要的。

37

我曾看见他们围着篝火弹吉他
就在那边的草地上,夜复一夜,

带了一点啤酒和少许烤土豆,
但现在部族离去了。艾拉,华尔威克,

亚比,雷德·斯蒂夫,摩斯,好斗的迈克,
还有其余五十人——当我在人行道上遇见他们

他们垂着头,面具又戴上了
小镇依靠它团结在一起,

但这儿他们不需要面具。亚比,有一只
萎缩的肺,会在上铺的帘子后面

整夜像一个吹风孔似地喘着气,
而我曾见他拿了一把铲子在坑底

他们在挖一个茅房,把泥土甩向空中,
他的黑脸庞带着部族的微笑起了皱。

38

昨夜一道灰色光轮环绕月亮,
今天雨就从西边下来了;

所有树上的叶子看起来更绿,
兰奇莫图在他的花园里焚烧成堆的干草,

火焰蹿向低矮的天空,
维赫从厨房门口对他喊道:

"你,进来躲雨吧!"他只是微笑
继续耙着草。我带了一满瓶酱油,

面包和一包腊肠到山上;
我给壶插上电,等着水开

这时姑娘们躺在床上。"我喜欢雨。"
"我也喜欢。赫米,你难道不害怕

患感冒么?""不全是。
只是那——"雨落下来像一道稠密的白帘子。

39

我们做梦的中心是洞穴
尘世把它解释成妓院。玛格丽特曾给我

讲她做过的一个梦,关于一所房子
在海边的牧场里,古老而布满了通道,

楼上楼下的房间里族人们在睡觉,
三股巨浪从海上涌来

洗遍那所房子,听任它站立着
虽然有一会它们遮住了太阳和月亮。

我想,必须有某处避难所,
一个家,一位全能的上帝,一位全能的母亲

在适当的时间和地方,而不只是关于
我寻找我的抽象的空虚感。在这些墙的周围

它们把手伸进涂料里留下了它们的手印
如同马格达林时期①的猎人们在洞穴墙上留
 下的。

40

三个旅行者从教堂出来后站在村子
上方的草地边缘。他们中的一个

指着那个用新铁具做屋顶的大礼堂,
它有石膏板砌成的四壁,建桥的工人们

晚上在那里做饭和睡觉——
"那是嬉皮士住过的地方。人们不得不把他们
 赶走。"

---

① 指西欧(主要在法国)旧石器时代晚期,距今约 1.7万~1.2万年。

"他们不会给这个地方造成太大危害。"
他们的眼睛是注视那些房屋的透镜,

有五六间,其中两间没有窗户,
错失了爱①。他们的幻想将决不

被改变,在一个建立起来攻击
我们和**他们**的世界。一种古老的恐惧抓紧了我的胃

当我听到行刑者们不耐烦的嗓音
那些人也许某天会来把我们驱逐出我们的巢穴。

41

二十桶水用于洗浴,
然后是另外的七桶左右

因为天气太热了。"谢谢你,赫米",
弗兰茜用幼儿的嗓音咬着唇说

---

① 原文为毛利语"aroha"。

就像一打面具中的一个,

但那是她的特权。她还没有缓过劲来

从普利茅斯兄弟会的渡火①典礼中

也许永远不会。我们各自有

我们必要的游戏。但在这座房子里

所有的东西悬挂在苔藓密布的树枝上

心智的突起自行收缩

月复一月。过去常来这儿的人们

像蹒跚地进入减压舱的潜水员

不会再来了。我不得不说:"就这样吧。"

42

葡萄树②花绽放,弓着腿的雄猫

---

① 一种赤脚在灼热炭灰上行走的仪式。
② 原文为毛利语"rata"。

一路跟随我,咬着我的脚踝,

铁线莲舒展她的喇叭,草尖成熟
而冷漠地咯咯作响。所有这些

都忠实于死亡。今天当特·阿维图神父
穿上黑长袍,戴上银十字架,

那是同样的故事。自我的硬壳
将永远不会裂开除非碰到死亡①——那个

将吃星星的瘦人——的牙齿。我不能说
那让我愉悦。在角落里此刻我能听见

一只石匠蝇的高声哀号
它把蜘蛛巢带回它的房子

作为冻肉。"你走开,"他告诉我,
"你的基督教教义不会废止死亡。"

---

① 原文为毛利语"Te Whiro"。

43

普蒂尼的小屋旁,在被多恩砍倒的柳树上
树叶因微红的擦伤而变得沉重,

肿块像椭圆形晶状体,如果你破开它们
会发现里面有一只白而细的蛆

拱着它的躯体。当我从镇上过来
双脚起了灌满液体的扩散中的肿块,

硬如鸡蛋,比一根手指还大,
缘于我在麦克唐纳新月形街区下面

发烫的沥青路上行走。街道的生活被掘开,
不受控制。我想我的脚正在腐烂。

克里给我带了一些他父亲从山上砍的
树皮长条。我把用树皮煮了

半小时的水倒进一个塑料盆
然后浸泡了我的脚。两天后肿块消失了。

44

这篇约书,关乎狂怒和斑点,
将很快写完。我不会像维庸①说,

"为我和你们自己祈祷",
因为这是另一个世纪。那个吃午餐的穷人

头顶上悬挂着街头男孩们的尸体
是某种妓院的共有者,

但教堂墙上属于天堂的竖琴和鲁特琴
恰好跟激情的沼泽一样真实

市民们穿着高档的毛皮长袍在流汗,
奴隶们躺下来睡在一张草垫上,

这大部分讲得通。似乎上帝已经在
石头般的世界上开了一条缝,让更多日光进来,

---

① 维庸(Francois Villon,1431—1463?),法国诗人。

说着:"和**我**一样穷。"我们的生活是那种
在黑暗中自谋生计。

45

明天我将下山前往惠灵顿,
倘若幸运就免费搭乘,沿着水路

经过那些卡拉卡①树和镇上的房子
它们把那条河变成旺阿努伊沟渠

当潮水推开家时,桥下
逆流而上漂浮着粪便。然后我将

往南进入悲哀的绿色农场
在那里绵羊获得比它们主人更多的自由,

经过的沙滩上有羽毛状的泰太草②
在风中飘,只有马上的毛利小伙子

---

① 原文为毛利语"karaka",是新西兰特有的一种常青树种,其果实有毒。
② 原文为毛利语"toi-toi",参阅前注。

能够用那草做交易。向下,向下沿着笔直的河
　岸路
到达那座梦幻城市,那只老而肥的母猪

挡住了她的幼崽。我将不穿潜水服①
盘腿坐在一家酒店门口。

46

在内殿写作一小时后,
我参观了教堂,那上帝的幽暗阁楼,

然后开路上山了。草浸湿了我的裤子,
夜晚漆黑,雨从夜空中落下来,

古老的恐惧和我并排走着,
不是一只苹果触碰地面发出的

沉重撞击声,就是树林里的叽嘎声,
还有两座坟墓的出现,

---

　①　澳大利亚俚语里指安全套。

那座新的在屋子里,旧的在山上
我从没进去过。天堂是光

地狱是黑暗,基督徒们那么说,
但这黑暗是鲸鱼的肚子

在里面我,约拿①,不得不踏上旅程
直到恐惧消失。恐惧是唯一的敌人。

47

在墙面的麻布上族人们曾记录——
"你们都是怪物"——"男人们只是"——

"驼背们联合起来"——"调停人有福了"——
"最慢的野兽是最强的、活得最久的"——

"这是乔脑袋上的肿块"——
"去他妈的战争"——"有力的莫尔金"——

---

① 约拿(Jonah),希伯来先知,其被鲸鱼吞进肚子里的故事参见《旧约·约拿书》。

"爱不像别的什么只是爱"——
"一个单纯的、优秀的叫穆玛的人住在这儿"——

当脸庞后面的光开始闪耀,
他们混乱的合唱变成了一个可能的基督

他没穿鞋走在街上,因为
雨被发明是为了亲吻穷人的脚。

明天我要到南方去,与河流一道
我的门不会上锁。

48

蜘蛛蜷伏在水池上方的架子上
与谭崔①中的女神相似,

至少像石器时代人们看见她
把她刻在墓石上时那样。所以我不会杀她,

---

① 原文为"tantric",即与"tantra"(谭崔,一译"坦陀罗",是一种奉行密宗的印度教派)有关的。

虽然确实有一个更简单的理由,
因为她是小的。站在死者门口的

幽灵①、吸血鬼、八眼观者,小阿拉克尼②,我喜欢你,
虽然你挂上如大厅里的丝绸一般脏的网

然后逃到床垫下面。记住我放生了你的孩子们
(它们待在你做的像空中城堡的白布笼子里)

和你自己。今天,在窗户架子上。
恐惧是唯一的敌人。因此当我死时,

你等候我的灵魂,你硕大如一只蟹王
守着地狱之门,让我平安地通过。

---

① 原文为毛利语"Kehua"。
② 阿拉克尼(Arachne),根据古希腊神话,她是利底亚少女,因与雅典娜比赛织绣获胜而被点化为蜘蛛。

其他十四行诗选译

月亮和栗树

1

落在社区屋旁草地上的栗子
出于保护,有一簇刺猬样的尖刺,

幼小时绿色,变老时褐色,会刺穿赤脚
让你的手指流血——当你拉开它们

想得到果仁时——果仁也能够
把壳的碎片挤进一个人的指甲里,

所有这些都是值得欣赏的。我告诉天主教访客
栗子向我们解释了我们自己的宗教

用巧妙隐藏在恐惧之刺下的爱的果仁
以免我们变得莽撞——也许称之为上帝的玩笑,

我能满不在乎甚至在血流如注之际!

碰巧,栗子可以被生吃

但很多人宁愿把果仁用油炸约一小时
用小刀片抹上黄油后端上桌。

2

如果他们称为教堂的村子后面
那块巨大的圆石要被移动

就需要用一根精巧的撬棍。有人曾说:
"到了把魔鬼赶出村子的时候了。"

有人回答:"那需要两代人
把他们变成基督徒"——那块圆石堵着那口

毛利人称为圣母①的井——不是我们
崇拜的那位蓝白女士,

而是一个立着像水缸(这个词的双重含义)

---

① 原文为毛利语"Te Whaea",也有"源头"之意。

用英语骂着那位白人①卡车司机的女人

她轻轻地抚摸我的胡须,对我说:
"我忍不住为你感到难过。"上到会堂②后

她看着新木板说:"那些旧的会高兴。"
然后用她的脚后跟踩破了有刺的栗子壳。

3

明净的月亮在清澈的天空
带来了一种平静,经过一天的访客之后

他们好奇:"他们将能够适应
这样的生活么?"或者别的,

"他们睡在哪儿?"塔姆、里亚、维赫
已经带着他们的担忧去了旺阿努伊,

---

① 原文为毛利语"pakeha",参阅前注。
② 原文为毛利语"wharepuni"。

修女们在另一个地方进行讲解;
警察们睡着了,我希望。于是我赤脚

沿着教堂下面的草路行走
到了那苦工和洁净的圣地,

对月亮说:"母亲,记住我们,
为我们治愈那所不能联合起来的,

光明和黑暗,流浪汉和法利赛人,
村子的爱和教堂的规则。"我的脚一阵冰凉。

为释迦牟尼而歌

1

宽松如洗过的裤子和那摇摆在
他们捆绑阳台转角杆的细线上的衬衫

我的言辞不再是阿波罗的言辞
而是高高峡谷里的河流,生死与共,

或者浅滩上的河流,一派污泥和破木——
身体是一个伤口,释迦牟尼说,

覆盖着潮湿的皮肤,从七窍中
渗出污浊的汁液,是我们必须每天包扎的伤口

为了遵照《法典》行事和生活,
而我伤口的一半是烦恼——另一半

则是相信我即为我的愚蠢

不顾收缩——多么难哪,停止模仿

我今早看到的那只被水浸着、栖在三叶草尖的
　　蜜蜂,
它紧贴着红花瓣,在冬雨倾盆而降之际!

2

一根线能拉回正在飞升的鸟
其效果有如圆顶的铁笼子;

我的爱,我承认,都是自爱,
除了我不能为自己所有的爱,

移动在树杈间的风
毫无预谋——胃能够从不呕吐

那些蘑菇碎片,阎罗王的毒食品么?——
"我是,我是,我是

一个诗人,天主教徒,戒酒者,
四十四岁的男人"——你,耶稣,你,释迦牟尼,

助我脱离陷阱!无须梯子,
梯子是陷阱的一部分——我的弟兄们,当那刻来临,

你们将看不到我;我离去,穿过岩石间的小径
像一只老蜥蜴——不再,不再,不再**变成**!

3

有一个住在耶路撒冷的人,
他有一件旧外套,留着长长的脚指甲,

报纸编造着关于他的故事
供家庭主妇们消遣——为何他不能

住在焦虑王国像任何其他人
而且进入房屋像兔子钻进地洞里?

上帝是他的问题;上帝和宇宙;
他有,让我们说,一个身份的问题——

此刻,倘若你去耶路撒冷的山谷,

你会发现寂静如同任何其他的寂静,

你会发现河流如同任何其他的河流,
你会发现雨如同任何其他的雨,

但那个老人已经走出了图画
留下一个空的画框。

养狗的问题

1

冰冷的双脚,疼痛的牙齿,愚蠢的心智,
不幸进入了我们

像钻进木头的蛆——简单来说,
和其他五人去往教堂,

"云和雨,赞美我主"——
但甚至狗也弓起它们的背咕哝着,

等待着包虫病检查员
过来并说:"狗,因为是一只狗

我要射杀你!"那样感觉更好些;
我需要笑一会——

笑是治疗

对抗上帝的敌人,

我们想象的那一个,嗜杀成性的父,
他想看着我们整齐、完全被控制并且迟钝!

2

我大肆宣扬那没有好处;
狗们缓缓踱进会堂①,

拉斯特斯,特拉希,鲁特,和那些没有名字的,
在床上溜达,在阳台上拉屎,

把它们的鼻子伸进面粉袋里——好了,我不喜欢
  跳蚤,
我朝它们叫嚷,踢它们的屁股,

遭遇了二十五位爱狗者惊异的眼睛,
说道:"你怎么啦,赫米?"

---

① 原文为毛利语"wharepuni"。

我不是圣弗朗西斯;我不想经营一个狗农场;
我谋划与我们动物伙伴的生活作对——

昨夜我朝一只猫扔了一块石头
它通过破板子爬进了小屋,

然后羞愧袭上了我的后背——甚至令我抬头
望着冬天的星星,听见他们说:"你怎么啦,
  赫米?"

3

狼兄弟,你将不得不接受我的道歉;
我是人狼,一如霍普金斯表述的——

我的毛发密布,我已忘记怎么说话,
我想射杀那个警察,他栽赃约翰①进了牢房

以莫须有罪名——当我的天主教徒同伴
抱怨缺乏一道电线围栏

---

① 原文为毛利语"Hoani"。

向下沿着社区中间,分开
他-身体和她-身体,让我巡逻它

带着一支装弹猎枪——是的,我发脾气
暗暗地,暗暗地!那个最丑的担忧绵羊者

与我一样友善——为我祈祷吧,狼兄弟,
穿着造物主给予你的优质长袍,

如果你向星星嗥叫,伙计,我也一样——
你是热血的——到我床垫上来——我接受你的
　跳蚤!

4

洛琳已经煮好了一满罐粥
睡眠者开始醒来,在他们宛如防空洞

用毛毯覆盖的铺位里——那么多脸庞,
灵魂各自活着,那未知的数量

我以我的生命作赌——轰炸之夜过后

太阳神①升起大量灰色的河雾——

鸟和猫踏着污泥,教堂尖塔里的钟
当当作响伴我做弥散——你认为我应该

祈求生还是死,兄弟?都不是。一个人只能提供
粪便、跳蚤、湿、冷、鸟、狗、疼、爱,

还有特·阿维图神父养育的白色花盘,
到外面台阶上分享一支烟吧,

在太阳下暖和一下双腿——当老红薯
停止与冻土作斗争,它确实得到了一种恩赐。

---

① 原文为毛利语"Te Ra"。

给彼得·奥兹的信

1

如此之难,将人类的眼珠聚焦于
我们可怕的母亲,那座坐落在她颅骨

山上的美杜莎石像——自杀,堕胎,
群斑,血污的床垫,一吨空药瓶,

以及其他无论什么,风都会吹进门道里,
包括,一个人也许希望,在天路上

被机械之鹰反复强暴的人类精神的
疲倦的圣灵。对我们来说,赞美卡利的世纪

太难了——既然一首诗必须歌颂
它起源的瞬间。迄今为止我只能

稍稍微笑一下,说:"还没有,还没有,母亲!

你必须等直到我买到合适种类的锯条

把我的颅骨盖变成一只饮酒杯,——
然后开始!事情必须以正确的顺序完成。"

2

那是不可能的:任何走过卡斯特尔大街的人
脑袋上将会挨一颗子弹

来自一个毛利人或岛民,他们的表亲被奥克兰
警察踢死了。带着酒、书或罐子的学生们是安
　全的;

那些求偶的蚱蜢跳进深草里
现在我的灵魂像生锈的断木机躺在那儿

在一棵栗树下——见鬼,不,他们不安全!
瘫痪而死要比挨一颗子弹而死

更愉快吗?没有人曾经能够
避开我们头顶的夜空中那用代码

所写的——"亚当,我爱你。站
起来走路!"尝试着直立行走

对我们的祖先黑猩猩一定是一件难事,
而我发现它在1972年仍然很难。

3

彼得,你的鹰天使仍然不时困扰我,
虽然我认为他也许只是死亡①的一个表亲,

我们的沼泽眼叔叔,幽灵和坟墓的制作者
四十五岁,我不能期待任何别的

信息,除了一只
从开着的窗户溜进溜出的黄蜂给予的

或者摇晃储物间②上面的树木的风,
或者格雷格在外面阳台砍木头的声响,

---

① 原文为毛利语"Te Whiro"。
② 原文为毛利语"pataka"。

或者凯茜的微笑的脸,她手里拿着肥皂,
那种明显的部族的微笑。一种

偏执文化的代理人有一天会携带煤油来
把我们赶出洞穴然后烧掉。那将是说这些的
 时候:

"兄弟们,我已经盼望你们
很久。你们想和我们分担你们的痛苦吗?"

4

革命不需要枪支;
它随时会发生,当一个人因为失业

而被捕,被投进救护车,
开始大笑而不是挥起他的拳头

它随时会发生,当帕瑞默里莫的一个看守
离开他的工作岗位而不是驻足观看

二十人向一个男孩乞讨。它会发生,

当饭店老板坐下来与一个无钱的顾客

度过一天的时光。对我来说,它不久前
发生在陶马鲁努伊,当我站在集会地①的草坪上

走到一位可敬的老妇②旁,对她说:
"在你身旁时我就知道脚下的土地

是我们的母亲。这给了我一种平静的感觉。"
革命发生在眼睛终于开始睁开时。

5

雨在下着,彼得,下在桫椤树山上
中屋的灯光仍旧亮着

在正午。在我衣领上沙沙作响的小苍蝇
误认了我,无疑,把我看作一小包死肉。

---

① 原文为毛利语"marae"。
② 原文为毛利语"kuia"。

它们喜欢我弦状的头发。它们将前腿搓在一起,
像火箭一样腾空而起就在我试着捉它们时,

它们把我当成大地①。格雷格,他的帽檐上
插着一根白羽毛,在收拾桌子,

用一小片皱巴巴的纸擦拭着旧皮革。
他使用扫帚跟任何小鸡一样好。

"人的太阳升起来了②"——在这间屋子的墙上
主被钉之处,我想,他有一个欢欣鼓舞的姿势,

但在我心里他遭受了缓慢的侵蚀
来自时间、疼痛和沉默。有一天伟大的太阳将
　升起。

6

我们门边那个新的大鸡场里的两只母鸡
不断被公鸡踩踏;

---

① 原文为毛利语"whenua",也有"胎盘"之意。
② 原文为毛利语"Kua ara te ra o nga tangata"。

它们不喜欢,但那可能意味着那些蛋
带着一个鸡家族的火花,

更多蛋,更多鸡!起初我认为
那只肥公鸡遁入了空门,

但那只是因为他们剪掉了它的尾巴
把它放进它的运输箱,

他不喜欢。在中屋里我坐下来
饥肠辘辘地给你写这些诗行;

苍蝇们在用我的头皮做一顿灌木野餐,
跳来跳去,在头发根中间排便,

我不喜欢。兄弟,最困扰我的
不是社会马戏团,而是重要行动的缺乏。

7

为我手淫一次吧,在大学旁边的草地上,
我的意思是,在那个老地方,在哥特式塔楼

和利斯水域之间。很难实行一次越狱,
尤其是看守们多少有点礼貌时,

食物①搁在那儿,他们让你晚上睡觉,——
叫它"老男人之家"。上到这儿在希鲁哈拉玛,

当我爬着梯子到达上铺
也许我是部族的萨满道士

爬着帐篷柱到达天空的国度
以便死者利用他的嗓音,——

他在那儿发现一个女人了吗?好吧,那可能发生,
但主要,我想,是朋友之爱

立起了帐篷柱,建造了房屋的墙,
并将伴随幸运比哈米吉多顿之火活得更久。

---

① 原文为毛利语"kai"。

如何站着不动地飞

1

群山之环容纳我的房子
房子容纳族人们,

他们各种各样的混乱的需求。
我接受可能的极限。

我卧室的窗户用硬纸板修补过。
交换过许多言语之后

昨晚我梦见魔鬼造访我,
胖胖的雌雄同体,有着人的身高;

我的五旬节①的朋友们会认为驱邪

---

① 五旬节(Pentecostal),也称圣灵降临节,被定于复活节后的第五十天。

是接下来要做的正确的事。而更可能

我不得不做海绵,吸吮族人们
无序的幽默。今天凉风轻轻吹着。

没有新水的搅动
灵魂之湖很可能变得淤滞。

2

轮辐从马车脱落时一个人不得不等待,
卸掉马轭,期盼上苍的仁慈。

冬天来到我们这儿,带着缓慢的鼓点,
光线沉落到土地里。

为了养活族人我必须去旺努阿伊,
要公谊会的成员们

送给我们一些毯子。耶路撒冷的夜晚
渐渐冷了。我有一个睡袋,

但在六月和七月,雾将持续到中午,
在下半夜,一些人认为他们就要死去

因为盖着一张薄毯他们变成了冰。
记住,胡志明说过,虽然

监狱里的寒夜削尖了心灵的斧子,
但当门打开巨龙会重新飞起来。

3

他们给我带来了两个鸡蛋和一片腊肉,
我笑着在中屋的地板上跳起舞来

像一只黑猩猩。喜悦抓住了我的心。
他们的老叔叔①不得不成一个疯子

让他们同他在一起感到自在。《易经》告诉我,
"运动中的喜悦令人们跟随;

---

① 原文为毛利语"koro"。

如果一个人想统治他必须先学会奉献"①——
雷声响在湖的中间,

当大地进入冬天的歇息
我们也躺下来睡觉。他们尊敬过去的人们

在西山上立了一块碑,
我相信大河的族人们会给我举行葬礼②

在这儿在耶路撒冷。当我们的骨头再次升起
那将是永恒的春天。

4

真理是用爪子护着幼雏的鸟;
我们必须透过别人的眼观看

以便理解他。保持超然
如果你能够。公鸡在屋旁的鸡场

---

① 此应系意译,原文无考。
② 原文为毛利语"tangi"。

鸣叫,如同光从树梢射下来,
但里基我们的公鸡①不能飞到天上。

言辞并不充分。我想,兄弟,
我的灵魂必须像水一样

顺着急流而下,穿过许多峡谷,
从不失去它的冷静。上帝的深渊在上面,

黑暗的深渊在一个人生命的下面,
在两座峡谷之间一个人也许心生恐惧

倘若太阳不是每天升起
没有朋友会张开双臂搂着我们。

---

① 也有"自负的人""好斗者"之意。

狗尾巴①

1

当我从河里走到公路上来,
两辆卡车经过我,扬起一团尘土

于是我用浴巾捂住我的嘴
呼吸着湿布。塔莱瓦在一座旧桥上

用一只喷枪切割着铁柱子,
但他告诉我——"成了②"——"氧气用完了。"

我爬过通往教堂③的漫长小道
思忖着托马斯·莫顿的话——

---

① 原文为毛利语"Te Whiore o te Kuri"。
② 原文为毛利语"Kua mutu",是耶稣在十字架上说的最后一句话。
③ 原文为毛利语"wharepuni"。

"生命终结时上帝会在灵魂的蜡上
按一个印。如果蜡是温暖的,

上面会留下印迹;否则,它将碎成粉末"——
诚如所愿。我自己的心也许还是我的棺材。

爬上这儿他们给我一杯压榨的苹果浆
饮用。在秋天食物①从树上落下。

2

圣徒们的坟墓闪耀着黑暗之光,
我意指那些谦卑者

葬于我们的屋子旁,在那些覆盖着
倒塌的村子的荆棘下,绵羊在那里吃草

掉下一簇簇羊毛。黑暗之光闪耀在
葬礼②的核心,那儿已经搭起一顶帐篷

---

① 原文为毛利语"kai"。
② 原文为毛利语"tangi"。

用来存放棺材,一个寡妇有一张
三天没睡觉的脸,在等待那次

复活。我记得
纳鲁阿瓦希亚①的教堂关闭时,

替代性地跪拜在一棵苹果树下的
圣母②石像前面,它因雨淋而变暗,

受到苔藓的侵蚀。黑暗之光闪耀
在谦卑为之打开一扇门的任何地方。

3

一只巨大的沙螽③爬上我床边
用麻布做的卷梯。我不想

这个业余灌木恶魔的抓挠

---

① 新西兰位于怀卡托河和怀帕河两大河流交汇处的一个小镇,那里有怀卡托最重要的毛利人公墓。
② 原文为毛利语"Te Whaea"。
③ 原文为毛利语"weta",参阅前注。

干扰我的梦,

或将爱之咬痕留在我脖子上。先是斯蒂夫过来
瞧了一眼——"把它砍成两半",他说——

然后是泽玛——"你在杀戮方面很蹩脚,
赫米"(她咯咯地笑)——可我从隔壁房间

拿了一只鞋,站在最结实的椅子上,
踮着脚尖用力打它——断了!

那只沙螽,拖着白色肠子,掉在地板上,
一条三英寸的穿着破盔甲的龙,

可怜的生物!我又打了一下结束它的性命
躺回来读书,这时蚊子吹奏起它们的笛子曲。

4

雨下了一整天。现在水池将被注满
沿河的马路将变成湿粥

并开始变滑。赫雷维尼告诉我
上帝①如何警告他堤岸会坍塌,

于是他下了平地机,来转移他的伙伴们
他们跑到安全处,堤岸果然塌了

无声地,八十吨泥土和石块,
埋到了他的腋窝。他的腿仍然是青的

巨石折断了它,用螺栓把骨头接起来,
但他能靠它走路。从屋顶漏孔流下的水滴

溅落在厨房里,炉子后面的案板上,
还有弗兰茜的床脚边。在云盖之外

我听见哈米吉多顿之鸟的低吟
那将在某一天终结我们所理解的世界。

---

① 原文为毛利语"Te Atua"。

5

族人们用业余时间在那棵大栗树下面
做一个养鸡场。这样我就醒了

听见屋子前面用铁锤钉钉子的
尖厉的声音——斯蒂夫和格雷格

在做着过去两年里几乎没有发生过
的事。女孩们一个接一个地

进来看望她们的长发老叔叔①
他宽阔的后背倚在睡袋上

在休养他的风湿病——特·胡英加、
泽玛、弗兰茜、卡姆,她们带来了咖啡,

又留下来坐着畅谈她们的想法
然后把脑袋靠在我的枕头上。有人认为

---

① 原文为毛利语"koro"。

我养了一个后宫。不,我的后背不够强壮。
我养了一个鸡场,用来收纳天堂鸟。

6

"狗尾巴①"——这是狗尾巴
摇摆在我书的末尾;

与一位亲爱的毛利朋友辩论之后,
我整夜行走在去往雷蒂希的路上,

想着:"二十四英里将使我的脚垫变成纸浆
直到脚底肿起如气球;

疼在我脚上,是我主的痛。"早上
我看见灼热、鲜红的太阳升起

在位于雷蒂希的赫雷维尼房屋旁边的
山上。但昨晚在石头上蹒跚行路

---

① 原文为毛利语"Te Whiore o te Kuri"。

途中,我必须停下来,仰望那些星星
看到了那些白火的肋拱

挂在那儿像白桫椤叶的底面
种植它们为我们人类提供庇护。

7

像一个人在黑暗中前行
是这次黑暗之旅的意义;

那么单纯,树木、星星、裸露的山杯,
毕生等待着的死亡

确实必须如此。探求雅各之梯
将会误解自己和那个黑暗主人,

然而有时道路通向一个地方
那儿河水奔流,马儿飞驰

在一排树篱后面。这样就可以坐下来,
点燃一支烟,在冰凉的草地上

擦一擦你瘀青的双膝。总是因为
一个人的身体是一所会堂,

肋骨、臂膀,为了部族汇聚在那里,
心脏应该是他们的水之源泉。

译后记

最早读到的巴克斯特的诗,应该是1988年某期《诗刊》上登载的诗人西川的两首译诗。随后,1992年作家出版社出版的《外国二十世纪纯抒情诗精华》(王家新、唐晓渡编)里,一下子收录了西川翻译的17首巴克斯特的诗。这本诗选我留存至今,闲暇时不时拿出来翻阅。巴克斯特诗歌的高迈、隽永的气质,连同"编者按"里引用的两句评论"巴克斯特在我们的文学和历史中高耸如一棵大树,空中的鸟雀拣枝而栖",给我留下了难以磨灭的印象。多年来,我除了经常重读这些诗篇外,还不断寻找巴克斯特的其他作品。

目前巴克斯特在中文世界里流传最广的就是西川翻译的这17首诗,它们分别出自巴克斯特晚年的两部重要诗集《耶路撒冷十四行诗》和《秋之书》,这两部诗集也是巴克斯特的晚期代表作,体现了其成熟期的成就和风格。在一定程度上,作为优秀诗人和译者的西川,应该是巴克斯特诗歌的十分合适的译者,二者有不少契合之处,比如对包括宗教、神话在内的神秘文化的喜好,个性与诗歌中略带自我嘲讽的幽默风格和喜剧精神,箴言式语句的运用,等等。(当然反过来说,这些相似点可能缘于西川受到了巴克斯特的影响。)不过,今天看来,坦率地说西川译诗的不足亦很明显:除一些有意无意的误译外,最主要的便是它们过于风格化,或者说"西川化",也就是西川可能在翻译过程中,基于自己的写作习惯,强化甚至重新塑造了巴克斯特诗歌风格的某些方面,这些译诗会让人误以为巴克斯特是一位高蹈、隐逸的诗人,这样的误解极大地削弱了巴克斯特诗歌的内在锋芒和力度。实际上,巴克斯特毕生都是社会革新运动的积极参与者,他晚年退隐到偏远的毛利人聚居地,创建耶路撒冷社区,无疑是其社会革新运动的重要实践(和组成部分)。他绝不是一个避世者。然而,巴克斯特尽管有着激烈的社会变革主张,但在诗歌中却非常克制,用《巴克斯特诗选》编者约翰·威尔的话说,巴克斯特的晚期诗作"放弃了修辞","他的貌似简单的词汇和短语显示了语言的精通,它们也摹写了他在自己生命中渴望的简单与自由",可谓洗尽铅华,呈现出内敛了丰厚生命智慧和高超诗歌技艺的沉着气度与简练风格,与那种清高(或故作清高)的田园诗、"玄诗"无涉。

我买到约翰·威尔编选的《巴克斯特诗选》(牛津大学出版社,1980年初版、1995年精装本)及关于巴克斯特的研究资料后,在反复研读中萌生了自己翻译《耶路撒冷十四行诗》和《秋之书》的念头。今年初,在修改完一篇筹划多年、篇幅较长的论文后,一时无心再写新的文章,加上要陪伴家里小子大象迎接一次小考,便着手翻译这两部诗集。现在,大象的小考已经结束,虽然没有完全达到预期,但也算是迈过了人生中第一道小坎。可以说,这本译诗是在这大半年的一种调整和等待的状态中完成的,或可纪念这段不长的时光。

需要说明的是,巴克斯特的这两部诗集虽然"貌似简单",但其中包含了丰富的宗教信息和毛利文化,他在一些词语的使用上有自己的特别用法和含义(往往是不常见的),并且好用一些跨三四个诗节的从句,这些都为翻译增加了难度。当然最费踌躇的还是揣摩他诗歌的语感和语式。翻译过程中遇到的难解之处,得到了张子清教授的热情指点,在此谨致谢忱。同时,要感谢诗人宋琳和同事冯新华博士在旅美期间,分别代为购得四卷本的《巴克斯特散文全集》和《巴克斯特诗选》;感谢诗人冯娜在她任职的中山大学图书馆代为查找相关资料;感谢"白鲸文丛"的同仁们,将这部译诗集列入其中。这些不成熟的译作只是我研读巴克斯特的一点体会的小结,敬请方家不吝赐教。

张桃洲
2018年8月于北京恩济里

图书在版编目(CIP)数据

耶路撒冷十四行诗·秋之书 / (新西兰) 詹姆斯·K.巴克斯特著;
张桃洲译.— 上海:上海教育出版社,2020.12
(白鲸文丛)
ISBN 978-7-5720-0438-4

Ⅰ.①耶… Ⅱ.①詹… ②张… Ⅲ.①诗集-新西兰-现代
Ⅳ.①I612.25

中国版本图书馆CIP数据核字(2020)第251028号

Collected Poems of James K.Baxter by James K.Baxter

Copyright ©2004 by James K.Baxter

All rights reserved.

Simplified Chinese translation edition © (2020) by Shanghai Educational
Publishing House Co., Ltd., under the license granted by John Baxter, James K. Baxter's
son and literary executor, through Professor Paul Millar.

《耶路撒冷十四行诗·秋之书》中文简体字翻译版由上海教育出版社
通过Paul Millar教授获得作者遗产执行人授权出版。
版权所有,盗版必究。
上海市版权局著作权合同登记号图字09-2020-1210号

责任编辑　曹婷婷
书籍设计　陆　弦

白鲸文丛

耶路撒冷十四行诗·秋之书

[新西兰] 詹姆斯·K.巴克斯特　著　张桃洲　译

出版发行	上海教育出版社有限公司	
官　　网	www.seph.com.cn	
地　　址	上海市永福路123号	
邮　　编	200031	
印　　刷	上海盛通时代印刷有限公司	
开　　本	787×1092　1/16　印张 5.375　插页 4	
字　　数	79千字	
版　　次	2020年12月第1版	
印　　次	2020年12月第1次印刷	
书　　号	ISBN 978-7-5720-0438-4/I·0066	
定　　价	39.80 元	

如发现质量问题,读者可向本社调换　电话:021-64377165